世事如煙

余華

——著

目次

十八歲出門遠行

柏油馬路起伏不止，馬路像是貼在海浪上。我走在這條山區公路上，我像一條船。這年我十八歲，我下巴上那幾根黃色的鬍鬚迎風飄飄，那是第一批來這裡定居的鬍鬚，所以我格外珍重它們。我在這條路上走了整整一天，已經看了很多山和很多雲。所有的山所有的雲，都讓我聯想起了熟悉的人。我就朝著它們呼喚他們的綽號。所以儘管走了一天，可我一點也不累。我就這樣從早晨裡穿過，現在走進了下午的尾聲，而且還看到了黃昏的頭髮。但是我還沒走進一家旅店。

我在路上遇到不少人，可他們都不知道前面是何處，前面是否有旅店。他們都這樣告訴我：「你走過去看吧。」我覺得他們說得太好了，我確實是在走過去看。可是我還沒走進一家旅店。我覺得自己應該為旅店操心。

我奇怪自己走了一天竟只遇到一次汽車。那時是中午，那時我剛剛想搭車，但那時僅僅只是想搭車，那時我還沒為旅店操心，那時我只是覺得搭一下車非常了不起。我站在路旁朝那輛汽車揮手，我努力揮得很瀟灑。可那個司機看也沒看我，汽車和司機一樣，也是看也沒看，在我眼前一閃就他媽的過去了。我就在汽車後面拚命地追了一陣，我這樣做只是為了高興，因為那時我還沒有為旅店操心。我一直追到汽車消失之後，然後我對著自己哈哈大笑，但是我馬上發現笑得太厲害會影響呼吸，於是我立刻不笑。接著我就興致勃勃地繼續走路，但心裡卻開始後悔起來，後悔剛才沒在瀟灑地揮著的手裡放一塊大石子。

現在我真想搭車，因為黃昏就要來了，可旅店還在他媽肚子裡。但是整個下午竟沒再看到一輛汽車。要是現在再攔車，我想我準能攔住。我會躺到公路中央去，我敢肯定所有的汽車都會在我耳邊來個急煞車。然而現在連汽車的馬達聲都聽不到。現在我只能走過去看了。這話不錯，走過去看。

公路高低起伏，那高處總在誘惑我，誘惑我沒命奔上去看旅店，可每次都只看到另一個高處，中間是一個叫人沮喪的弧度。儘管這樣我還是一次一次地往高處奔，次次都是沒命地奔。眼下我又往高處奔去。這一次我看到了，看到的不是旅店而是汽車。汽車是朝我這個方向停著的，停在公路的低處。我看到那個司機高高翹起的屁股，屁股上有晚霞。司機的腦袋我看不見，他的腦袋正塞在車頭裡。那車頭的蓋子斜斜翹起，像是翻起的嘴唇。車箱裡高高堆著籮筐，我想著籮筐裡裝的肯定是水果。當然最好是香蕉。我想他的駕駛室裡應該也有，那麼我一坐進去就可以拿起來吃了。雖然汽車將要朝我走來的方面開去，但我已經不在乎方向。我現在需要旅店，旅店沒有就需要汽車，汽車就在眼前。

我興致勃勃地跑了過去，向司機打招呼：「老鄉，你好。」

司機好像沒有聽到，仍在撥弄著什麼。

「老鄉，抽菸。」

這時他才使了使勁，將頭從裡面拔出來，並伸過來一隻黑乎乎的手，夾住我遞過去的菸。我趕緊給他點火，他將菸叼在嘴上吸了幾口後，又把頭塞了進去。

於是我心安理得了，他只要接過我的菸，他就得讓我坐他的車。我就繞著汽車轉悠起來，轉悠是為了偵察籮筐的內容。可是我看不清，便去使用鼻子聞，聞到了蘋果味。蘋果也不錯，我這樣想。

不一會他修好了車，就蓋上車蓋跳了下來。我趕緊走上去說：「老鄉，我想搭車。」不料他用黑乎乎的手推了我一把，粗暴地說：「滾開。」

我氣得無話可說，他卻慢慢悠悠打開車門鑽了進去，然後發動機響了起來。我知道要是錯過這次機會，將不再有機會。我知道現在應該豁出去了。於是我跑到另一側，也拉開車門鑽了進去。我準備與他在駕駛室裡大打一場。我進去時首先是衝著他吼了一聲：「你嘴裡還叼著我的菸。」這時汽車已經活動了。

然而他卻笑嘻嘻地十分友好地看起我來，這讓我大惑不解。他問：「你上哪？」

我說：「隨便上哪。」

他又親切地問：「想吃蘋果嗎？」他仍然看著我。

「那還用問。」

「到後面去拿吧。」

他把汽車開得那麼快，我敢爬出駕駛室爬到後面去嗎？於是我就說：「算了吧。」

他說：「去拿吧。」他的眼睛還在看著我。

我說：「別看了，我臉上沒公路。」

他這才扭過頭去看公路了。

汽車朝我來時的方向馳著，我舒服地坐在座椅上，看著窗外，和司機聊著天。現在我和他已經成為朋友了。我已經知道他是在個體販運。這汽車是他自己的，蘋果也是他的。我還聽到了他口袋裡面錢兒叮噹響。我問他：「你到什麼地方去？」

他說：「開過去看吧。」

這話簡直像是我兄弟說的，這話可真親切。我覺得自己與他更親近了。車窗外的一切應該是我熟悉的，那些山那些雲都讓我聯想起來了另一幫熟悉的人來了，於是我又叫喚起另一批綽號來了。

現在我根本不在乎什麼旅店，這汽車這司機這座椅讓我心安而理得。我不知道汽車要到什麼地方去，他也不知道。反正前面是什麼地方對我們來說無關緊要，我們只要汽車在馳著，那就馳過去看吧。

可是這汽車拋錨了。那個時候我們已經是好得不能再好的朋友了。我把手搭在他肩上，他把手搭在我肩上。他正在把他的戀愛說給我聽，正要說第一次擁抱女性的感覺時，這汽車拋錨了。汽車是在上坡時拋錨的，那個時候汽車突然不叫喚了，像死豬那樣突然不動了。於是他又爬到車頭上去了，又把那上嘴唇翻了起來，腦袋又塞了進去。我坐在駕駛室裡，我知道他的屁股此刻肯定又高高翹起，但上嘴唇擋住了我的視線，我看不到他的屁股。可我聽得到他修車的聲音。

過了一會他把腦袋拔了出來，把車蓋蓋上。他那時的手更黑了，他的髒手在衣服上擦了又擦，然後跳到地上走了過來。

「修好了？」我問。

「完了，沒法修了。」他說。

我想完了，「那怎麼辦呢？」我問。

「等著瞧吧。」他漫不經心地說。

我仍在汽車裡坐著，不知該怎麼辦。眼下我又想起什麼旅店來了。那個時候太陽要落山了，晚霞則像蒸氣似地在升騰。旅店就這樣重又來到了我腦中，並且逐漸膨脹，不一會便把我的腦袋塞滿了。那時我的腦袋沒有了，腦袋的地方長出了一個旅店。

司機這時在公路中央做起了廣播操，他從第一節做到最後一節，做得很認真。做完又繞著汽車小跑起來。司機也許是在駕駛室裡待得太久，現在他需要鍛鍊身體了。看著他在外面活動，我在裡面也坐不住，於是打開車門也跳了下去。但我沒做廣播操也沒小跑。我在想著旅店和旅店。

這個時候我看到坡上有五個人騎著自行車下來，每輛自行車後座上都用一根扁擔綁著兩只很大的籮筐，我想他們大概是附近的農民，大概是賣菜回來。看到有人下來，我心裡十分高興，便迎上去喊道：「老鄉，你們好。」

那五個人騎到我跟前時跳下了車，我很高興地迎了上去，問：「附近有旅店嗎？」

他們沒有回答，而是問我：「車上裝的是什麼？」

我說：「是蘋果。」

他們五人推著自行車走到汽車旁，有兩個人爬到了汽車上，接著就翻下來十筐蘋果，下面三個人把筐蓋掀開往他們自己的筐裡倒。我一時間還不知道發生了什麼，那情景讓我目瞪口呆。我明白過來就衝了上去，責問：「你們要幹什麼？」

他們誰也沒理睬我，繼續倒蘋果。我上去抓住其中一個人的手喊道：「有人搶蘋果啦！」這時有一隻拳頭朝我鼻子下狠狠地揍來了，我被打出幾米遠。爬起來用手一摸，鼻子軟塌塌地不是貼著而是掛在臉上，鮮血像是傷心的眼淚一樣流。可當我看清打我的那個身強力壯的大漢時，他們五人已經跨上自行車騎走了。

司機此刻正在慢慢地散步，嘴唇翻著大口大口喘氣，他剛才大概跑累了。他好像一點也不知道剛才的事。我朝他喊：「你的蘋果被搶走了！」可他根本沒注意我在喊什麼，仍在慢慢地散步。我真想上去揍他一拳，也讓他的鼻子掛起來。我跑過去對著他的耳朵大喊：「你的蘋果被搶走了。」他這才轉身看了我起來，我發現他的表情越來越高興，我發現他是在看我的鼻子。

這時候，坡上又有很多人騎著自行車下來了，每輛車後面都有兩只大筐，騎車的人裡面有一些孩子。他們蜂擁而來，又立刻將汽車包圍。好些人跳到汽車上面，於是裝蘋果的籮筐紛紛而下，蘋果從一些摔破的筐中像我的鼻血一樣流了出來。他們都發瘋般往自己筐中裝蘋果。才一瞬間工夫，車上的蘋果全到了地下。那時有幾輛手扶拖拉機從坡上隆隆而下，拖拉機也停在汽車旁，跳下一幫大漢開始往拖拉機上裝蘋果，那些空了的籮筐一只一只被扔了出去。那時的蘋果已經滿地滾了，所有人都像蛤蟆似地蹲著撿蘋果。

我是在這個時候奮不顧身撲上去的，我大聲罵著：「強盜！」撲了上去。於是有無數拳腳前來迎接，我全身每個地方幾乎同時挨了揍。我支撐著從地上爬起來時，幾個孩子朝我擊來蘋果，蘋果撞在腦袋上碎了，但腦袋沒碎。我正要撲過去揍那些孩子，有一隻腳狠狠地踢在我腰部。我想叫喚一聲，可嘴巴一張卻沒有聲音。我跌坐在地上，我再也爬不起來了，只能看著他們亂搶蘋果。我開始用眼睛去尋找那司機，這傢伙此時正站在遠處朝我哈哈大笑，我便知道現在自己的模樣一定比剛才的鼻子更精采了。

那個時候我連憤怒的力氣都沒有了。我只能用眼睛看著這些使我憤怒極頂的一切。我最憤怒的是那個司機。

坡上又下來了一些手扶拖拉機和自行車，他們也投入到這場浩劫中去。我看到地上的蘋果越來越少，看著一些人離去和一些人來到。來遲的人開始在汽車上動手，我看著他們將車窗玻璃卸了下來，將輪胎卸了下來，又將木板撬了下來。輪胎被卸去後的汽車顯得特別垂頭喪氣，它趴在地上。一些孩子則去撿那些剛才被扔出去的籮筐。我看著地上越來越乾淨，人也越來越少。可我那時只能看著了，因為我連憤怒的力氣都沒有了。我坐在地上爬不起來，我只能讓目光走來走去。

現在四周空蕩蕩了，只有一輛手扶拖拉機還停在趴著的汽車旁。有個人在汽車旁東瞧西望，是在看看還有什麼東西可以拿走。看了一陣後才一個一個爬到拖拉機上，於是拖拉機開動了。

這時我看到那個司機也跳到拖拉機上去了，他在車斗裡坐下來後還在朝我哈哈大笑。我看到他手裡抱著的是我那個紅色的背包。他把我的背包搶走了。背包裡有我的衣服和我的錢，還有食品和書。可他把我的背包搶走了。

我看著拖拉機爬上了坡，然後就消失了，但仍能聽到它的聲音，可不一會連聲音都沒有了。四周一下子寂靜下來，天也開始黑下來。我仍在地上坐著，我這時又飢又冷，可我現在什麼都沒有了。

我在那裡坐了很久，然後才慢慢爬起來。我爬起來時很艱難，因為每動一下全身就劇烈地疼痛，但我還是爬了起來。我一拐一拐地走到汽車旁邊。那汽車的模樣真是慘極了，它遍體鱗傷地趴在那裡，我知道自己也是遍體鱗傷了。

天色完全黑了，四周什麼都沒有，只有遍體鱗傷的汽車和遍體鱗傷的我。我無限悲傷地看著汽車。汽車也無限悲傷地看著我。我伸出手去撫摸了它。它渾身冰涼。那時候開始起風了，風很大，山上樹葉搖動時的聲音像是海濤的聲音，這聲音使我恐懼，使我也像汽車一樣渾身冰涼。

我打開車門鑽了進去，座椅沒被他們撬去，這讓我心裡稍稍有了安慰。我就在駕駛室裡躺了下來。我聞到了一股漏出來的汽油味，那氣味像是我身內流出的血液的氣味。外面風越來越大，但我躺在座椅上開始感到暖和一點了。我感到這汽車雖然遍體鱗傷，可它心窩還是健全的，還是暖和的。我知道自己的心窩也是暖和的。我一直在尋找旅店，沒想到旅店你竟在這裡。

我躺在汽車的心窩裡，想起了那麼一個晴朗溫和的中午，那時的陽光非常美麗。我記得自己在外面高高興興地玩了半天，然後我回家了，在窗外看到父親正在屋內整理一個紅色的背包，我撲在窗口問：「爸爸，你要出門？」

父親轉過身來溫和地說：「不，是讓你出門。」

「讓我出門？」

「是的，你已經十八了，你應該去認識一下外面的世界了。」

後來我就背起了那個漂亮的紅背包，父親在我腦後拍了一下，就像在馬屁股上拍了一下。於是我歡快地衝出了家門，像一匹興高采烈的馬一樣歡快地奔跑了起來。

西北風呼嘯的中午

陽光從沒有一絲裂隙一點小洞的窗玻璃外面竄了進來，幾乎竄到我扔在椅子裡的褲管上，那時我赤膊躺在被窩裡，右手正在挖右眼角上的眼垢，這是我睡覺時生出來的。現在我覺得讓它繼續擱在那裡是不合適的，但是去粗暴地對待它也是沒有道理。因此我挖得很文雅。而此刻我的左眼正閒著，所以就打發它去看那褲子。褲子是昨晚睡覺時脫的，現在我很後悔昨晚把它往椅子上扔時扔得太輕率，以致此刻它很狼狽地耷拉著，我的衣服也是那模樣。如今我的左眼那麼望著它們，竟開始懷疑起我昨夜睡著時是否像蛇一樣脫了一層殼，那褲子那衣服真像是這樣。這時有一絲陽光來到了褲管上，那一點跳躍的光亮看上去像一隻金色的跳蚤。於是我身上癢了起來，便讓那閒著的左手去搔，可左手馬上就顧不過來了，只能再讓右手去幫忙。

有人在敲門了。

起先我還以為是在敲鄰居的門，可那聲音卻分明是直衝我來。於是我驚訝起來。我想誰會來敲我的門呢？除非是自己，而自己此刻正躺在床上。大概是敲錯門了。我就不去答理，繼續搔癢。我回想著自己每次在外面兜了一圈回來時，總要在自己門上敲上一陣，直到確信不會有人來開門我才會拿出鑰匙。這時那門像是要倒塌似地劇響起來。我知道現在外面那人不是用手而是用腳了，隨即還來不及容我考慮對策，那門便沉重地跌倒在地，發出的劇響將我的身體彈了幾下。

一個滿臉落腮鬍子的彪形大漢來到床前，怒氣沖沖地朝我吼道：「你的朋友快死了，你還在睡覺。」

這個人我從未見過，不知道是誰生的。我對他說：「你是不是找錯地方了？」

他堅定地回答：「絕對不會錯。」

他的堅定使我疑惑起來，疑惑自己昨夜是否睡錯了地方。我趕緊從床上跳起來，跑到門外去看門牌號碼。可我的門牌此刻卻躺在屋內。我又重新跑進來，在那倒在地上的門上找了門牌。上面寫著——

虹橋新村26號3室

我問他：「這是不是你剛才踢倒的門？」

他說：「是的。」

這就沒錯了。我對他說：「你肯定是找錯地方了。」

現在我的堅定使他疑惑了。他朝我瞧了一陣，然後問：「你是不是叫余華？」

我說：「是的，可我不認識你。」

他聽後馬上又怒氣沖沖地朝我吼了起來：「你的朋友快死了！」

「但是我從來就沒有什麼朋友。」我也吼了起來。

「你胡說，你這個卑鄙的小市民。」他橫眉豎眼地說。

我對他說：「我不是什麼小市民，這一點我屋內堆滿的書籍可以向你證明。如果你想把你的朋友硬塞給我，我絕不會要。因為我從來就沒有什麼朋友。不過……」我緩和了一下口氣，繼續說，「不過你可以把你的朋友去送給4室，也就是我的鄰居，他有很多朋友，我想再增加一個他不會在意的。」

「可他是你的朋友，你休想賴掉。」他朝我逼近一步，像是要把我一口吞了。

「可是他是誰呢？」

他說出了一個我從未聽到過的名字。

「我從來就不認識這個人。」我馬上喊了起來。

「你這個忘恩負義的小市民。」他伸出像我小腿那麼粗的胳膊，想來揪我的頭髮。我趕緊縮到床角落裡，氣急敗壞地朝他喊：「我不是小市民，我的書籍可以證明。如果你再叫我一聲小市民，我就要請你滾出去了。」

他的手突然往下一擺伸進了我的被窩，他那冰冷而有力的手抓住了我溫熱卻軟弱的腳了。然後我整個人被他從被窩裡提了出來，他將我扔到地上。他說：「快點穿衣服，否則我就這麼揪著你去了。」

我知道跟這傢伙再爭辯下去是毫無意義的，因為他的力氣起碼比我大五倍。他會像扔一條褲子似地把我從窗口扔出去。於是我就說：「既然一個快死的人想見我，我當然是樂意去的。」說完我從地上爬起來，開始穿衣服。

就是這樣，在這個見鬼的中午，這個大漢子一腳踹塌了我的房門，給我送來了一個我根本不想要的朋友，而且還是一個行將死去的朋友。此刻屋外的西北風正呼呼地起勁叫喚著。我沒有大衣，沒有圍巾，也沒有手套和帽子。我穿著一身單薄的衣服，就要跟著這個有大衣有圍巾、還有手套和帽子的大漢，去見那個不知道是什麼模樣的朋友。

街上的西北風像是吹兩片樹葉似地把我和大漢吹到了朋友的屋門口。我看到屋門口堆滿了花圈。大漢轉過臉來無限悲傷地說：「你的朋友死了。」

我還來不及細想這結果是值得高興還是值得發愁，就聽到了一片嘹亮的哭聲。大漢將我推入這哭聲中。

於是一群悲痛欲絕的男女圍了上來，他們用一種令人感動不已的體貼口氣對我說：「你要想得開一點。」

而此時我也只能裝作悲傷的樣子點著頭了。因為此時已沒有意思再說那些我真正想說的話。我用手輕輕拍著他們的肩膀，輕輕摸著他們的頭髮，表示我感謝他們的安慰。我還和幾個強壯的男人長久而又有力地握手，同時向他們發誓說我一定會想得開的。

這時一個老態龍鍾的女人走了上來，眼淚汪汪地抓著我的手說：「我的兒子死了。」

我告訴他：「我知道了，我很悲傷，因為這太突然了。」我本來還想說自己昨天還和她兒子一起看太陽。

她於是痛哭起來，她尖利的哭聲使我毛骨悚然。我對她說：「你要想得開一點。」然後我感到她的哭聲輕了下去，她開始用我的手擦她的眼淚。接著她抬起頭來對我說：「你也要想得開一點。」

我用力地點點頭，說：「我會想得開的。你可要保重身體。」

她又用我的手去擦眼淚了，她把我的手當成手帕了。她那混濁又滾燙的淚水在我手上一塌糊塗地塗了開來。我想抽回自己的手，可她抓得太緊了。她說：「你也要保重身體。」

我說：「我會保重身體的，我們都要保重身體。我們要化悲痛為力量。」

她點點頭，然後說：「我兒子沒能等到你來就閉眼了，你不會怪他吧？」

「不會的，我不會怪他。」我說。

她又哇哇地哭開了，哭了一陣她對我說：「我只有這麼一個兒子，可他死了。現在你就是我的兒子了。」

我使勁將手抽了回來，裝作要擦自己的眼淚。我根本沒有眼淚。然後我告訴她：「其實很久以來我一直把你當成自己的母親。」我現在只能這樣說了。

這句話惹得她更傷心地哭了起來。於是我只好去輕輕拍打她的肩膀，拍到我手瘦時她才止住了哭聲。然後她牽著我的手來到一個房間的門前，她對我說：「你進去陪陪我兒子吧。」

我推開門走了進去，裡面空無一人但卻有個死人躺著。死人躺在床上，身上蓋著一塊白布。旁邊有一把椅子，像是為我準備的，於是我就坐了上去。

我在死者身旁坐了很久，然後才掀開那白布去看看死者的模樣。我看到了一張慘白的臉，在這張臉上很難看出年齡來。這張臉是我從未見到過的。我隨即將白布重又蓋上。心裡想：這就是我的朋友。

我就這樣坐在這個剛才看了一眼但又頃刻遺忘的死人身旁。我到這兒來並非是我自願，我是無可奈何而來。儘管這個我根本沒打算接納的朋友已經死了，可我仍沒卸去心上的沉重。因為他的母親接替了他。一個我素不相識也就談不上有什麼好感的老女人成了我的母親。她把我的手當成她的手帕讓我厭煩，可我只能讓她擦。而且當以後任何時候她需要時，我都得恭恭敬敬地將自己的手送上去，卻不得有半句怨言。我很清楚接下去我要幹些什麼。我應該掏出二十元錢去買一個大花圈，我還要披麻帶孝為他守靈，還得必須痛哭一場，還得捧著他的骨灰挽著他的母親去街上兜圈子。而且當這些全都過去以後，每年清明我都得為他去掃墓。並且將繼承他的未竟之業去充當孝子……然而眼下對我來說最重要的是立刻去找個木匠，請他替我裝上被那大漢一腳踢倒的房門。可我眼下只能守在這個死鬼身旁。

愛情故事

一九七七年的秋天和兩個少年有關。在那個天空明亮的日子裡，他們乘坐一輛嘎吱作響的公共汽車，去四十里以外的某個地方。車票是男孩買的，女孩一直躲在車站外的一根水泥電線桿後。在她的四周飄揚著落葉和塵土，水泥電線桿發出的嗡嗡聲覆蓋著周圍錯綜複雜的聲響，女孩此刻的心情像一頁課文一樣單調，她偷偷望著車站敞開的小門，她的目光平靜如水。

然後男孩從車站走了出來，他的臉色蒼白而又憔悴。他知道女孩躲在何處，但他沒有看她。他往那座橋的方向走了過去，他在走過去時十分緊張地左顧右盼。不久之後他走到了橋上，他心神不安地站住了腳，然後才朝那邊的女孩望了一眼。他看到女孩此刻正看著自己，他便狠狠地盯了她一眼，可她依舊看著他。他非常生氣地轉過臉去。在此後的一段時間裡，他一直站在橋上，他一直沒有看她。但他總覺得她始終都在看著自己，這個想法使他驚慌失措。後來他確定四周沒有熟人，才朝她走去。

他走過去時的膽戰心驚，她絲毫不覺。她看到這個白皙的少年在陽光裡走來時十分動人。她內心微微有些激動，因此她臉上露出了笑容。然而他走到她身旁後卻對她的笑容表示了憤怒，他低聲說：

「這種時候你還能笑？」

她的美麗微笑還未成長便被他摧殘了。她有些緊張地望著他，因為他的神色有些凶狠。這種凶狠此刻還在繼續下去，他說：

「我說過多少次，你不要看我，你要裝著不認識我。你為什麼看我？真討厭。」

她沒有絲毫反抗的表示，只是將目光從他臉上無聲地移開。她看著地上一片枯黃的樹葉，聽著他從牙縫裡出來的聲音。他告訴她：

「上車以後你先找到座位坐下，如果沒有熟人，我就坐到你身旁。如果有熟人，我就站在車門旁。記住，我們互相不要說話。」

他將車票遞了過去，她拿住後他就走開了。他沒有走向候車室，而是走向那座橋。

這個女孩在十多年之後接近三十歲的時候，就坐在我的對面。我們一起坐在一間黃昏的屋子裡，那是我們的寓所。我們的窗簾垂掛在兩端，落日的餘暉在窗台上飄浮。她坐在窗前的一把椅子裡，正在織一條天藍色的圍巾。此刻圍巾的長度已經超過了她的身高，可她還在往下織。坐在她對面的我，曾在一九七七年的秋天與她一起去那個四十里以外的地方。我們在五歲的時候就相互認識，這種認識經過長途跋涉以後，導致了婚姻的出現。我們的第一次性生活是在我們十六歲行將結束時完成的。她第一次懷孕也是在那時候。她此刻坐在窗前的姿勢已經重複了五年，因此我看著她的目光怎麼還會有激情？多年來，她總是在我眼前晃來晃去，這種晃來晃去使我沮喪無比。我的最大錯誤就是在結婚的前一夜，沒有及時意識到她一生都將在我眼前晃來晃去。所以我的生活才變得越來越陳舊。現在她在織著圍巾的時候，我手裡正拿著作家洪峰的一封信。洪峰的美妙經歷感動了我，我覺得自己沒有理由將這種舊報紙似的生活繼續下去。

因此我像她重複的坐姿一樣重複著現在的話，我不斷向她指明的，是青梅竹馬的可怕。我一次又一次地問她：

「難道你不覺得我太熟悉了嗎？」

但她始終以一種迷茫的神色望著我。

我繼續說：「我們從五歲的時候就認識了，二十多年後我們居然還在一起。我們誰還能指望對方來改變自己呢？」

她總是在這個時候表現出一些慌亂。

「你對我來說，早已如一張貼在牆上的白紙一樣一覽無餘。而我對於你，不也同樣如此？」

我看到她眼淚流下來時顯得有些愚蠢。

我仍然往下說：「我們唯一可做的事只剩下回憶過去。可是過多的回憶，使我們的過去像每日的早餐那樣，總在預料之中。」

我們的第一次性生活是我們十六歲行將結束時完成的。在那個沒有月光的夜晚，我們在學校操場中央的草地上，我們顫抖不已地擁抱在一起，是因為我們膽戰心驚。不遠的那條小路上，有拿著手電走過的人，他們的說話聲在夜空裡像匕首一樣鋒利，好幾次都差點使我倉皇而逃。只是因為我被她緊緊抱住，才使我現在回憶當初的情景時，沒有明顯地看到自己的狼狽。

我一想到那個夜晚就會感受到草地上露珠的潮濕。當我的手侵入她的衣服時，她熱烈的體溫使我不停地打寒戰。我的手在她的腹部往下進入，我開始感受到如草地一樣的潮濕了。起先我什麼都不想幹，我覺得撫摸一下就足夠了。可是後來我非常想看一眼，我很想知道那地方是怎麼回事。但是在那個沒有月光的夜晚，我湊過去聞到的只是一股平淡的氣味。在那個黑乎乎潮濕的地方所散發的氣味，是我以前從未聞到過的氣味。然而這種氣味並未像我以前想像的那麼激動人心。儘管如此，在不久之後我還是幹了那樁事。欲望的一往無前差點毀了我，在此後很多的日子裡，我設計了多種自殺與逃亡的方案。在她越來越像孕婦的時候，我接近崩潰的絕望使我對當初只有幾分鐘天旋地轉般的快樂痛恨無比。在一九七七年秋天的那一日，我與她一起前往四十里以外的那個地方，我希望那家坐落在馬路旁的醫院能夠證實一切都是一場虛驚。

她面臨困難所表現出來的緊張，並未像我那樣來勢凶猛。當我提出應該去醫院檢查一下時，她馬上想起那個四十里以外的地方。她當時表現的冷靜與理智使我暗暗有些吃驚。她提出的這個地方向我暗示了一種起碼的安全，這樣將會沒人知道我們所進行的這次神祕的檢查。可是她隨後頗有激情地提起五年前她曾去過那個地方，她對那個地方街道的描述，以及泊在海邊退役的海輪的抒情，使我十分生氣。我告訴她我們準備前往並不是為了遊玩，而是一次要命的檢查。這次檢查關係到我們是否還能活下去。我告訴她這次檢查的結果若證實她確已懷孕，那麼我們將被學校開除，將被各自的父母驅出家門。有關我們的傳聞將像街上的灰塵一樣經久不息。我們最後只能：

「自殺。」

她只有在這個時候才顯得驚慌失措。幾年以後她告訴我，我當時的臉色十分恐怖。我當時對我們的結局的設計，顯然使她大吃一驚。可是她即便在驚慌失措的時候也從不真正絕望。她認為起碼是她的父母不會把她驅出家庭，但她承認她的父母會懲罰她。她安慰我：

「懲罰比自殺好。」

那天我是最後一個上車的，我從後面看著她上車，她不停地向我回身張望。我讓她不要看我，反覆提醒在她那裡始終是一頁白紙。我上車的時候汽車已經發動起來。我沒有立刻走向我的座位，而是站在門旁。我的目光在車內所有的臉上轉來轉去，我看到起碼有二十張曾經見過的臉。因此我無法走向自己的座位，我只能站在這輛已經行駛的汽車裡。我看著那條破爛不堪的公路怎樣捉弄著我們的汽車。我感到自己像是被裝在瓶子裡，然後被人不停地搖晃。後來我聽到她在叫我的聲音，她的聲音使我驀然產生無比的恐懼。我因為她的不懂事而極為憤怒，我沒有答理。我希望她因此終止那種叫聲，可是她那種令人討厭的叫聲卻不停地重複著。我只能轉過頭去，我知道自己此刻的臉色像路旁的雜草一樣青得可怕。

然而她臉上卻洋溢著天真爛漫的笑容，她佯裝吃驚的樣子表示了她與我是意外相遇。然後她邀請我坐在她身旁的空座位上。我只能走過去。我在她身旁坐下以後感到她的身體有意緊挨著我。她說了很多話，可我一句都沒有聽進去，我為了掩飾只能不停地點頭。這一切使我心煩意亂。那時候她偷偷捏住了我的手指，我立刻甩開她的手。在這種時候她居然還會這樣，真要把我氣瘋過去。此刻她才重視我的憤怒，她不再說話，自然也不會伸過手來。她似乎十分委屈地轉過臉去，望著車外肅殺的景色。然而她的安靜並未保持多久，在汽車一次劇烈的震顫後，她突然哧哧笑了起來。接著湊近我偷偷說：

「腹內的小孩震出來了。」

她的玩笑只能加劇我的氣憤，因此我湊近她咬牙切齒地低聲說：

「閉上你的嘴。」

後來我看到了幾艘泊在海邊的輪船，有兩艘已被拆得慘不忍睹，只有一艘暫且完整無損。有幾隻灰色的鳥在海邊水草上盤旋。

汽車在駛入車站大約幾分鐘以後，兩個少年從車站出口處走了出來。那時候一輛卡車從他們身旁駛過，揚起的灰塵將他們的身體塗改了一下。

男孩此刻鐵青著臉，他一聲不吭地往前走。女孩似乎有些害怕地跟在他身後，她不時偷偷看他側面的臉色。男孩在走到一條胡同口時，沒有走向醫院的方向，而是走入了胡同。女孩也走了進去。男孩一直走到胡同的中央才站住腳，女孩也站住了腳。他們共同看著一個中年的女人走來，又看著她走出胡同。然後男孩低聲吼了起來：

「你為什麼叫我？」

女孩委屈地看著他，然後才說：

「我怕你站著太累。」

男孩繼續吼道：

「我說過多少次了，你別看我。可你總看我，而且還叫我的名字，用手捏我。」

這時有兩個男人從胡同口走來，男孩不再說話，女孩也沒有辯解。那兩個男人從他們身邊走過時，興趣十足地看了他們一眼。兩個男人走過去以後，男孩就往胡同口走去了，女孩遲疑了一下也跟了上去。

他們默不作聲地走在通往醫院的大街上。男孩此刻不再怒氣沖沖，在醫院越來越接近的時候，他顯得越來越憂心忡忡。他轉過臉去看著身旁的女孩，女孩的雙眼正望著前方。從她有些迷茫的眼神裡，他感到醫院就在前面。

然後他們來到了醫院的門廳，掛號處空空蕩蕩。男孩此刻突然膽怯起來，他不由走出門廳，站在外面。他這時突然害怕地感到自己會被人抓住，他沒有絲毫勇氣進入眼下的冒險。當女孩也走出門廳時，他找到了掩蓋自己膽怯的理由，他要讓女孩獨自去冒險，而自己則隨時準備逃之夭夭。他告訴她：他繼續陪著她實在太危險，別人一眼就會看出兩個少年幹了什麼壞事。他讓她：

「你一個人去吧。」

她沒有表示異議，點了點頭後就走了進去。他看著她走到掛號處的窗前，她從口袋裡掏出錢來時沒有顯出一絲緊張。他聽到她告訴裡面的人她叫什麼名字，她二十歲。名字是假的，年齡也是假的。這些他事先並未設計好。然後他聽到她說：

「婦科。」

這兩個字使他不寒而慄，他感到她的聲音有些疲倦。接著她離開窗口轉身看了他一眼，隨後走上樓梯。她手裡拿著的病歷在上樓時搖搖晃晃。

男孩一直看著她的身影在樓梯上消失，然後才將目光移開。他感到心情越來越沉重，呼吸也困難起來。他望著大街上的目光在此刻雜亂無章。他在那裡站了好長一段時間，那個樓梯總有人下來，可是她一直沒有下來。他不由害怕起來，他感到自己所幹的事已在這個樓上被揭發。這個想法變得越來越真實，因此他也越發緊張。他決定逃離這個地方，於是便往大街對面走去，他在橫穿大街時顯得喪魂落魄。他來到街對面後，沒有停留，而是立刻鑽入一家商店。

那是一家雜貨店，一個醜陋不堪的年輕女子站在櫃台內一副無所事事的模樣。另一邊有兩個男人在拉玻璃，他便走到近旁看著他們。同時不時地往街對面的醫院望上一眼。那是一塊青色的玻璃，兩個男人都在抽菸，因此玻璃上有幾堆小小的菸灰。兩個男人那種沒有心事的無聊模樣，使他更為沉重。他看著鑽石在玻璃上劃過時出現一道白痕，那聲音彷彿破裂似地來回響著。

不久後女孩出現在街對面，她站在一棵梧桐樹旁有些不知所措地在尋找男孩。男孩透過商店布滿灰塵的窗玻璃看到了她。他看到女孩身後並未站著可疑的人，於是立刻走出商店。他在穿越街道時，她便看到了他。待他走到近旁，她向他苦笑一下，低聲說：

「有了。」

男孩像一棵樹一樣半晌沒有動彈，僅有的一絲希望在此刻徹底破滅了。他望著眼前愁眉不展的女孩說：

「怎麼辦呢？」

女孩輕聲說：「我不知道。」

男孩繼續說：「怎麼辦呢？」

女孩安慰他：「別去想這些了，我們去那些商店看看吧。」

男孩搖搖頭，說：「我不想去。」

女孩不再說話，她看著大街上來回的車輛，幾個行人過來時發出嘻嘻笑聲。他們過去以後，女孩再次說：

「去商店看看吧。」

男孩還是說：「我不想去。」

他們一直站在那裡，很久以後男孩才有氣無力地說：「我們回去吧。」

女孩點點頭。

然後他們往回走去。走不多遠，在一家商店前，女孩站住了腳，她拉住男孩的衣袖，說道：

「我們進去看看吧。」

男孩遲疑了一會兒就和她一起走入商店。他們在一條白色的學生裙前站了很久，女孩一直看著這條裙子，她告訴男孩：

「我很喜歡這條裙子。」

女孩的嗓音在十六歲時已經固定下來。在此後的十多年裡，她的聲音幾乎每日都要在我的耳邊盤旋。這種過於熟悉的聲音，已將我的激情清掃。因此在此刻的黃昏裡，我看著坐在對面的妻子，只會感到越來越疲倦。她還在織著那條天藍色的圍巾。她的臉依然還是過去的臉。只是此刻的臉已失去昔日的彈性。她臉上的皺紋是在我的目光下成長起來的，我熟悉它們猶如熟悉自己的手掌。現在她開始注意我的話了。

「在你還沒有說話的時候，我就知道你要說什麼；在每天中午十一點半和傍晚五點的時候，我知道你要回家了。我可以在一百個女人的腳步聲裡，聽出你的聲音。而我對你來說，不也同樣如此？」

她停止了織毛衣的動作，她開始認真地望著我。

我繼續說：「因此我們互相都不可能使對方感到驚喜。我們最多只能給對方一點高興，而這種高興在大街上到處都有。」

這時她開口說話了，她說：

「我明白你的意思了。」

「是嗎？」我不知道該如何對付她這句話。所以我只能這麼說。

她又說：「我明白你的意思了。」

我看到她的眼淚流了出來。

她說：「你是想把我一腳踢開。」

我沒有否認，而是說：「這話多難聽。」

她又重複道：「你想把我一腳踢開。」她的眼淚在繼續流。

「這話太難聽了。」我說。然後我建議道：

「讓我們共同來回憶一下往事吧。」

「是最後一次嗎？」她問。

我迴避她的問話，繼續說：「我們的回憶從什麼時候開始呢？」

「是最後一次吧？」她仍然這樣問。

「從一九七七年的秋天開始吧。」我說，「我們坐上那輛嘎吱作響的汽車，去四十里以外的那個地方，去檢查你是否已經懷孕。那個時候我可真是喪魂落魄。」

「你沒有喪魂落魄。」她說。

「你不用安慰我，我確實喪魂落魄了。」

「不，你沒有喪魂落魄。」她再次這樣說，「我從認識你到現在，你只有一次喪魂落魄。」

我問：「什麼時候？」

「現在。」她回答。

死亡敘述

本來我也沒準備把卡車往另一個方向開去，所以這一切都是命中注定的。那時候我將卡車開到了一個三岔路口，我看到一個路標朝右指著——千畝蕩六十公里。我的卡車便朝右轉彎，接下去我就闖禍了。這是我第二次闖禍。第一次是在安徽皖南山區，那是十多年前的事了。那個時候我的那輛解放牌，不是後來這輛黃河，在一條狹窄的盤山公路上，把一個孩子撞到了十多丈下面的水庫裡。我是沒有辦法才這樣做的。那時我的卡車正繞著公路往下滑，在完成了第七個急轉彎後，我突然發現前面有個孩子，那孩子離我只有三、四米遠，他騎著自行車也在往下滑。我已經沒有時間煞車了，唯一的辦法就是向左或者向右急轉彎。可是向左轉彎就會撞在山壁上，我的解放牌就會爆炸，就會熊熊燃燒，不用麻煩火化場，我就變成灰了。而向右轉彎，我的解放牌就會一頭撞入水庫，那麼笨重的東西掉進水庫時的聲響一定很嚇人，濺起的水波也一定很肥胖，我除了被水憋死沒有第二種可能。總而言之我沒有其他辦法，只好將那孩子撞到水庫裡去了。我看到那孩子驚慌地轉過頭來看了我一眼，那雙眼睛又黑又亮。直到很久以後我仍然記得清清楚楚。只要一閉上眼睛，那兩顆又黑又亮的東西就會立刻跳出來。那孩子只朝我看了一眼，身體立刻橫著拋了起來，他身上的衣服也被風吹得膨脹了，那是一件大人穿的工作服。我聽到了一聲呼喊：「爸爸！」就這麼一聲，然後什麼也沒有了。那聲音又尖又響，在山中響了兩聲，第二聲是撞在山壁上的回聲。回聲聽上去很不實在，像是從很遠的雲裡飄出來似的。我沒有停下車，我當初完全嚇傻了。直到卡車離開盤山公路，駛到下面平坦寬闊的馬路上時，我才還過魂來，心裡驚訝自己竟沒從山上摔下去。當我人傻的時候，手卻沒傻，畢竟我開了多年的卡車了。這事沒人知道，我也就不說。我估計那孩子是山上林場裡一個工人的兒子。不知後來做父親的把他兒子從水庫裡撈上來時是不是哭了？也許那人有很多兒子，死掉一個無所謂吧。山裡人生孩子都很旺盛。我想那孩子大概是十四、五歲的年齡。他父親把他養得那麼大也不容易，畢竟花了不少錢。那孩子死得可惜，況且還損失了一輛自行車。

這事本來我早就忘了，忘得乾乾淨淨。可是我兒子長大起來了，長到十五歲時兒子鬧著要學騎車，我就教他。小傢伙聰明，沒半天就會自個轉圈子了，根本不用我扶著。我看著兒子的高興勁，心裡也高興。十五年前小傢伙剛生下來時的模樣，真把我嚇了一跳，他根本不像是人，倒像是從百貨商店買來的玩具。那時候他躺在搖籃裡總是亂蹬腿，一會兒尿來了，一會兒屎又來了，還放著響亮的屁，那屁臭得奇奇怪怪。可是一晃就那麼大了，神氣活現地騎著自行車。我這輩子算是到此為止，以後就要看兒子了。我兒子還算不錯，挺給我爭氣，學校的老師總誇他。原先開車外出，心裡總惦記著老婆，後來有了兒子就不想老婆了，總想兒子。兒子高高興興騎著自行車時，不知是什麼原因，神使鬼差地讓我想起了那個十多年前被撞到水庫裡去的孩子。兒子騎車時的背影與那孩子幾乎一模一樣。尤其是那一頭黑黑的頭髮，簡直就是一個人。於是那件寬大的工作服也在腦中飄揚地出現了。最糟糕的是那天我兒子騎車撞到一棵樹上時，驚慌時喊了一聲「爸爸」。這一聲叫得我心裡哆嗦起來，那孩子橫拋起來掉進水庫時的情景立刻清晰在目了。奇怪的是兒子近在咫尺的叫聲在我聽來十分遙遠，彷彿是山中的回聲。那孩子消失了多年以後的驚慌叫聲，現在卻通過我兒子的嘴喊了出來。有一瞬間，我恍若覺得當初被我撞到水庫裡去的就是自己的兒子。我常常會無端地悲傷起來。那事我沒告訴任何人，連老婆也不知道。後來我總是恍恍惚惚的。那個孩子時隔多年之後竟以這樣的方式出現，叫我難以忍受。但我想也許過幾年會好一點，當兒子長到十八歲以後，我也許就不會再從他身上看到那個孩子的影子了。

與第一次闖禍一樣，第二次闖禍前我絲毫沒有什麼預感。我記得那天天氣很好，天空藍得讓我不敢看它。我的心情不好也不壞。我把兩側的窗都打開，襯衣也敞開來，風吹得我十分舒服。我那輛黃河牌發出的聲音像是牛在叫喚，那聲音讓我感到很結實。我兜風似的在柏油馬路上開著快車，時速是六十公里。我看到那條公路像是印染機上的布匹一樣在我輪下轉了過去。我老婆是印染廠的，所以我這樣想。可我才跑出三十公里，柏油馬路就到了盡頭。而一條千瘡百孔的路開始了。那條路像是被飛機轟炸過似的，我坐在汽車裡像是騎在馬背上，一顫一顫十分討厭，冷不防還會猛地彈起來。我胃裡的東西便橫衝直撞了。然後我就停下了車。這時對面馳來一輛解放牌，到了近旁我問那司機說：「這是什麼路？」那司機說：「你是頭一次來吧？」我點點頭。他又說：「難怪你不知道，這叫汽車跳公路。」我坐在汽車裡像隻跳蚤似的直蹦躂，腦袋能不發昏嗎？後來我迷迷糊糊地感到右側是大海，海水黃黃的一大片，無邊無際地在漲潮，那海潮的聲響攪得我胃裡直翻騰。我感到自己胃裡也有那麼黃黃的一片。我將頭伸出窗外拚命地嘔吐，吐出來的果然也是黃黃的一片。我吐得眼淚汪汪，吐得兩腿直哆嗦，吐得兩側腰部抽風似的痛。我想要是再這樣吐下去，非把胃吐出來不可，所以我就用手去捂住嘴巴。

那時我已經看到前面不遠處有一條寬敞的柏油馬路，不久以後我的卡車就會逃脫眼下這條汽車跳公路，就會馳到前面那條平坦的馬路上去。我把什麼東西都吐光了，這樣一來反倒覺得輕鬆，只是全身有氣無力。我靠在座椅上顛上顛下，卻不再難受，倒是有些自在起來。我望著前面平坦的柏油馬路越來越近，我不由心花怒放。然而要命的是我將卡車開到平坦的馬路上後，胃裡卻又翻騰起來了。我知道那是在空翻騰，我已經沒什麼可吐了。可是空翻騰更讓我痛苦。我嘴巴老張著是因為閉不攏，喉嚨裡發出一系列古怪的聲音，好像那裡面有一根一寸來長的魚刺擋著。我知道自己又在拚命嘔吐了，可吐出來的只是聲音，還有一股難聞的氣體。我又眼淚汪汪了，兩腿不再是哆嗦而是亂抖了，兩側腰部的抽風讓我似乎聽到兩個腎臟在呻吟。發苦的口水從嘴角滴了出來，又順著下巴往下淌，不一會就經過了脖子來到了胸膛上，然後繼續往下發展，最後停滯在腰部，那個抽風的地方。我覺得那口水冰涼又黏糊，很想用手去擦一下，可那時連這點力氣都沒有了。

就是在那個時候我看到一個人影在前面閃了一下，我腦袋裡「嗡」的一聲。雖然我已經暈頭轉向，已經四肢無力，可我知道發生了什麼。我也不知道什麼時候力氣重又回來了，我踩住了煞車，卡車沒有滑動就停了下來。但是那車門讓我很久都沒法打開，我的手一個勁地哆嗦。我看到有一輛客車從我旁邊馳過，很多旅客都在車窗內看著我的汽車。我想他們準是看到了，所以就鬆了手，呆呆地坐在座椅上，等著客車在不遠處停下來，等著他們跑過來。可是很久後，他們也沒有跑過來。那時有幾個鄉下婦女朝我這裡走來，她們也盯著我的卡車看，我想這次肯定被看到了，她們肯定就要發出那種怪模怪樣的叫聲，可是她們竟然沒事一樣走了過去。於是我疑惑起來，我懷疑自己剛才是不是眼花了。接著我很順當地將車門打開，跑到車前看了看，什麼也沒有。又繞著車子走了兩圈，仍然什麼也沒看到。這下我才放心，肯定自己剛才是眼花了。我不禁長長地鬆了口氣，這樣一來我又變得有氣無力了。如果後來我沒看到車輪上有血跡，而是鑽進駕駛室繼續開車的話，也許就沒事了。可是我看到了。不僅看到，而且還用手去沾了一下車輪上的血跡，血跡是濕的。我就知道自己剛才沒有眼花。於是我就趴到地上朝車底下張望，看到裡面蜷曲地躺著一個女孩子。然後我重又站起來，茫然地望著四周，等著有人走過來發現這一切。那是夏天裡的一個中午，太陽很懶地曬下來，四周彷彿都在冒煙。我看到公路左側有一條小河，河水似乎沒有流動，河面看去像是長滿了青苔。一座水泥橋就在近旁，橋只有一側有欄杆。一條兩旁長滿青草的泥路向前延伸，泥路把我的目光帶到了遠處，那地方有幾幢錯落的房屋，似乎還有幾個人影。我這樣等了很久，一個人都沒有出現。我又盯著車輪上的血跡看，看了很久才發現血跡其實不多，只有幾滴。於是我就去抓了一把土，開始慢吞吞地擦那幾滴血跡，擦到一半時我還停下來點燃了一根菸，然後再擦。等到將血擦淨後我才如夢初醒。我想快點逃吧，還磨蹭什麼。我立刻上了車。然而當我關上車門，將汽車發動起來後，我驀然看到前面有個十四、五歲的男孩，穿著寬大的工作服騎著自行車。那個十多年前被我撞到水庫裡去的孩子，偏偏在那個時候又出現了。這一切都是命中注定的。儘管眼前的情景只是閃一下就匆忙地消失了，可我沒法開著汽車跑了。我下了車，從車底下把那個女孩拖了出來。那女孩的額頭破爛不堪，好在血還在從裡面流出來，呼吸雖然十分虛弱，但總算仍在繼續著。她還睜著眼睛，那雙眼睛又黑又亮，彷彿是十多年前的那雙眼睛。我把她抱在懷中，然後朝那座只有一側欄杆的水泥橋上走去，接著我走到了那條泥路上。我感到她軟軟的身體非常燙，她長長的黑髮披落下來，像是柳枝一樣擱在我的手臂上。那時我心裡無限悲傷，彷彿撞倒的是自己的孩子。我抱著她時，她把頭偎在我胸前，那模樣真像是我自己的孩子。我就這樣抱著她走了很久，剛才站在公路上看到的幾幢房屋現在大了很多了，但是剛才看到的人影現在卻沒有出現。我心裡突然湧上來一股激動，我依稀感到自己正在做一件了不起的事。我彷彿回到了十多年前那次車禍上，彷彿那時我沒有開車逃跑，而是跳入水庫把那男孩救了上來。我手中抱著的似乎就是那個穿著寬大工作服的男孩。那黑黑的長髮披落在手臂上，讓我覺得十多年過去後男孩的頭髮竟這麼長了。

我走到了那幾幢房屋的近旁，於是我才發現裡面還有很多房屋。一棵很大的樹木擋住了我的去路，樹蔭裡坐著一個上身赤裸的老太太，兩隻乾癟的乳房一直垂落到腰間，她正看著我。我就走過去，問她醫院在什麼地方？她朝我手中的女孩望了一眼後，立刻怪叫了一聲：

「作孽呵！」

她那麼一叫，才讓我清醒過來。我才意識到剛才不逃跑是一個很大的錯誤，但已經來不及了。我低頭看了看懷中的女孩，她那破爛的額頭不再流血了，那長長的黑髮也不再飄動，黑髮被血凝住了。我感到她的身體正在迅速地涼下去，其實那是我的心在迅速地涼下去。我再次問老太太，醫院在什麼地方。而她又是一聲怪叫。我想她是被這慘情嚇傻了，我知道再問也不會有回答。我就繞過眼前這棵大樹朝裡面走去。可老太太卻跟了上來，一聲一聲地喊著：「作孽呵！」不一會她就趕到了我的前面，她在前面不停地叫喊著，那聲音像是打破玻璃一樣刺耳。我看到有幾頭小豬在前面竄了過去。這時又有幾個老太太突然出現了，她們來到我跟前一看也都怪叫了起來：「作孽呵！」於是我就跟著這些不停叫喚著的老太太後面走著。那時我心裡一片混亂，我都不知道自己這麼走著是什麼意思。沒多久，我前後左右已經擁著很多人了，我耳邊盡是亂糟糟的一片人聲，我什麼也聽不進去，我只是看到這些人裡男女老少都有。那時候我似乎明白了自己是在鄉村裡，我怎麼會到鄉村裡來找醫院？我覺得有些滑稽。然後我前面的路被很多人擋住了，於是我就轉過身準備往回走，可退路也被擋住了。接著我發現自己是站在一戶人家的曬穀場前，眼前那幢房屋是二層的樓房，看上去像是新蓋的。那時從那幢房屋裡竄出一條大漢，他一把奪過我手中的女孩，他後面跟著一個女人和一個十來歲的男孩。接著他們一轉身又竄進了那幢房屋。他們的動作之迅速，使我眼花撩亂。手中的女孩被奪走後，我感到輕鬆了很多，我覺得自己該回到公路上去了。可是當我轉過身準備走的時候，有一個人朝我臉上打了一拳，這一拳讓我感到像是打在一只沙袋上，發出的聲音很沉悶。於是我又重新轉回身去，重新看著那幢房屋。那個十來歲的男孩從裡面竄出來，他手裡高舉著一把亮閃閃的鐮刀。他撲過來時鐮刀也揮了下來，鐮刀砍進了我的腹部。那過程十分簡單，鐮刀像是砍穿一張紙一樣砍穿了我的皮膚，然後就砍斷了我的盲腸。接著鐮刀拔了出去，鐮刀拔出去時不僅又劃斷了我的直腸，而且還在我腹部劃了一道長長的口子，於是裡面的腸子一湧而出。當我還來不及用手去捂住腸子時，那個女人揮著一把鋤頭朝我腦袋劈了下來，我趕緊歪一下腦袋，鋤頭劈在了肩胛上，像是砍柴一樣地將我的肩胛骨砍成了兩半。我聽到肩胛骨斷裂時發出的「吱呀」一聲，像是打開一扇門的聲音。大漢是第三個竄過來的，他手裡揮著的是一把鐵鍇。那女人的鋤頭還沒有拔出時，鐵鍇的四個刺已經砍入了我的胸膛。中間的兩個鐵刺分別砍斷了肺動脈和主動脈，動脈裡的血「嘩」地一片湧了出來，像是倒出去一盆洗腳水似的。而兩旁的鐵刺則插入了左右兩葉肺中。左側的鐵刺穿過肺後又插入了心臟。隨後那大漢一用手勁，鐵鍇被拔了出去，鐵鍇拔出後我的兩個肺也隨之蕩到胸膛外面去了。然後我才倒在了地上，我仰臉躺在那裡，我的鮮血往四周爬去。我的鮮血很像一棵百年老樹隆出地面的根鬚。我死了。

兩個人的歷史

一

一九三〇年八月，一個名叫譚博的男孩和一個名叫蘭花的女孩，共同坐在陽光無法照耀的台階上。他們的身後是一扇朱紅的大門，門上的銅鎖類比了獅子的形狀。作為少爺的譚博和作為女傭女兒的蘭花，時常這樣坐在一起。他們的身後總是飄揚著太太的嘟噥聲，女傭在這重複的聲響裡來回走動。

兩個孩子坐在一起悄悄談論著他們的夢。

譚博時常在夢中為尿所折磨。他在夢為他布置的場景裡四處尋找便桶。他在自己朝南的廂房裡焦急不安。現實裡安放在床前的便桶在夢裡不翼而飛。無休止的尋找使夢中的譚博痛若不堪。然後他來到了大街上，在人力車來回跑動的大街上，乞丐們在他身旁走過。終於無法忍受的譚博，將尿撒向了大街。

此後的情景是夢的消失。即將進入黎明的天空在窗戶上一片灰暗。夢中的大街事實上由木床扮演。譚博醒來時感受到了身下的被褥有一片散發著熱氣的潮濕。這一切終結之後，場景迅速地完成了一次更換。那時候男孩睜著迷茫的雙眼，十分艱難地重溫了一次剛才夢中的情景，最後他的意識進入了清晰。於是尿床的事實使他羞愧不已。在窗戶的白色開始明顯起來時，他重又閉上了雙眼，隨即沉沉睡去。

「你呢？」

男孩的詢問充滿熱情，顯然他希望女孩也擁有同樣的夢中經歷。

然而女孩面對這樣的詢問卻表現了極大的害臊，雙手捂住眼睛是一般女孩慣用的技法。

「你是不是也這樣？」

男孩繼續問。

他們的眼前是一條幽深的胡同，兩旁的高牆由青磚砌成。

並不久遠的歲月已使磚縫裡生長出羞羞答答的青草，風使它們悄然擺動。

「你說。」

男孩開始咄咄逼人。

女孩滿臉羞紅，她垂頭敘述了與他近似的夢中情景。她在夢中同樣為尿所折磨，同樣四處尋找便桶。

「你也將尿撒在街上？」

男孩十分興奮。

然而女孩搖搖頭，她告訴他她最後總會找到便桶。

這個不同之處使男孩羞愧不已。他抬起頭望著高牆上的天空，他看到了飄浮的雲彩，陽光在牆的最上方顯得一片燦爛。

他想：她為什麼總能找到便桶，而他卻永遠也無法找到。

這個想法使他內心燃起了嫉妒之火。

後來他又問：

「醒來時是不是被褥濕了？」

女孩點點頭。

結局還是一樣。

二

一九三九年十一月，十七歲的譚博已經不再和十六歲的蘭花坐在門前的石階上。那時候譚博穿著黑色的學生裝，手裡拿著魯迅的小說和胡適的詩。他在院裡進出時，總是精神抖擻。而蘭花則繼承了母業，她穿著碎花褂子在太太的嘮叨聲裡來回走動。

偶爾的交談還是應該有的。

譚博十七歲的身軀裡青春激盪，他有時會突然攔住蘭花，眉飛色舞地向她宣講一些進步的道理。那時候蘭花總是低頭不語，畢竟已不是兩小無猜的時候。或者蘭花開始重視起譚博的少爺地位。然而沉浸在平等互愛精神裡的譚博，很難意識到這種距離正在悄悄成立。

在這年十一月的最後一天裡，蘭花與往常一樣用抹布擦洗著那些朱紅色的家具。譚博坐在窗前閱讀泰戈爾有關飛鳥的詩句。蘭花擦著家具時盡力消滅聲響，她偶爾朝譚博望去的眼神有些抖動。她希望現存的寧靜不會遭受破壞。然而閱讀總會帶來疲倦。當譚博合上書，他必然要說話了。

在他十七歲的日子裡，他幾乎常常夢見自己坐上了一艘海輪，在浪濤裡顛簸不止。一種渴望出門的欲望在他清醒的時候也異常強烈。

現在他開始向她敘述自己近來時常在夢中出現的躁動不安。

「我想去延安。」他告訴她。

她迷茫地望著他，顯而易見，延安二字帶給她的只能是一片空白。

他並不打算讓她更多地明白一些什麼，他現在需要知道的是她近來夢中的情景。這個習慣是從一九三〇年八月延伸過來的。

她重現了一九三〇年的害臊。然後她告訴他近來她也有類似的夢。不同的是她沒有置身海輪中，而是坐在了由四人抬起的轎子裡，她腳上穿著顏色漂亮的布鞋。轎子在城內各條街道上走過。

他聽完微微一笑，說：

「你的夢和我的夢不一樣。」

他繼續說：

「你是想著要出嫁。」

那時候日本人已經占領了他們居住的城市。

三

一九五〇年四月，作為解放軍某文工團團長的譚博，腰間繫著皮帶，腿上打著綁腿，回到了他的一別就是十年的家中。此刻全國已經解放，譚博在轉業之前回家探視。

那時候蘭花依然居住在他的家中，只是不再是他母親的女傭，開始獨立地享受起自己的生活。譚博家中的兩間房屋已劃給蘭花所擁有。

譚博英姿勃發走入家中的情景，給蘭花留下了深刻的印象。此時蘭花已經兒女成堆，她已經喪失了昔日的苗條，粗壯的腰扭動時抹煞了她曾經有過的美麗。

在此之前，蘭花曾夢見譚博回家的情景，居然和現實中的譚博回來一模一樣。因此在某一日中午，當蘭花的丈夫出門之後，蘭花告訴了譚博她夢中的情景。

「你就是這樣回來的。」

蘭花說。蘭花不再如過去那樣羞羞答答，畢竟已是兒女成堆的母親了。她在敘說夢中的情景時，絲毫沒有含情脈脈的意思，彷彿在敘說一只碗放在廚房的地上。語氣十分平常。

譚博聽後也回想起了他在回家路上的某個夢。夢中有蘭花出現。但蘭花依然是少女時期的形象。

「我也夢見過你。」

譚博說。

他看到此刻變得十分粗壯的蘭花，不願費舌去敘說她昔日的美麗。有關蘭花的夢，在譚博那裡將永遠地銷聲匿跡。

四

一九七二年十二月。垂頭喪氣的譚博以反革命分子的身分回到家中。母親已經去世，他是來料理後事。

此刻蘭花的兒女基本上已經長大成人。蘭花依然如過去那樣沒有職業。當譚博走入家中時，蘭花正在洗塑膠布，以此掙錢餬口。

譚博身穿破爛的黑棉襖在蘭花身旁經過時，略略站住了一會兒，向蘭花膽戰心驚地笑了笑。

蘭花看到他後輕輕「哦」了一聲。

於是他才放心地朝自己屋內走去。過了一會兒，蘭花敲響了他的屋門，然後問他：

「有什麼事需要我？」

譚博看著屋內還算整齊的擺設，不知該說些什麼。

母親去世的消息是蘭花設法通知他的。

這一次，兩人無夢可談。

五

一九八五年十月。已經離休回家的譚博，終日坐在院內曬著太陽。還是秋天的時候，他就怕冷了。

蘭花已是白髮蒼蒼的老人了，可她依然十分健壯。現在是一堆孫兒孫女圍困她了。她在他們之間長久周旋，絲毫不覺疲倦。同時在屋裡進進出出，幹著家務活。

後來她將一盆衣服搬到水泥板上，開始洗刷衣服。

譚博瞇縫著眼睛，看著她的手臂如何有力地擺動。在一片「涮涮」聲裡，他憂心忡忡地告訴蘭花：

他近來時常夢見自己走在橋上時，橋突然塌了。走在房屋旁時，上面的瓦片奔他腦袋飛來。

蘭花聽了沒有作聲，依然洗著衣服。

譚博問：

「你有這樣的夢嗎？」

「我沒有。」

蘭花搖搖頭。

命中注定

現在

這一天陽光明媚，風在窗外嗡嗡響著，春天已經來到了。劉冬生坐在一座高層建築的第十八層的窗前，他樓下的幼稚園裡響著孩子們盲目的歌唱，這群一無所知的孩子以興致勃勃的歌聲騷擾著他，他看到護城河兩岸的樹木散發著綠色，很多計程車夾雜著幾輛卡車正在駛去。更遠處遊樂園的大觀覽車緩慢地移動著，如果不是凝神遠眺，是看不出它的移動。

就在這樣的時刻，一封用黑體字列印的信來到了他手中，這封信使他大吃一驚。不用打開，信封上的文字已經明確無誤地告訴他，他的一個一起長大的伙伴死了。信封的落款處印著：**陳雷治喪委員會**。他昔日伙伴中最有錢的人死於一起謀殺，另外的伙伴為這位腰纏萬貫的土財主成立了一個治喪委員會，以此來顯示死者生前的身分。他們將令人不安的訃告貼在小鎮各處，據說有三四百份，猶如一場突然降臨的大雪，覆蓋了那座從沒有過勃勃生機的小鎮。讓小鎮上那些沒有激情，很少有過害怕的人，突然面對如此眾多的訃告，實在有些殘忍。他們居住的胡同，他們的屋前，甚至他們的窗戶和門上，貼上了噩耗。訃告不再是單純的發布死訊，似乎成為邀請——你們到我這裡來吧。小鎮上人們內心的憤怒和驚恐自然溢於言表，於是一夜之間這些召喚亡靈的訃告蕩然無存了。可是他們遭受的折磨並未結束，葬禮那天，一輛用高音喇叭播送哀樂的卡車在鎮上緩慢爬行，由於過於響亮，哀樂像是進行曲似地向火化場前進。劉冬生在此後的半個月裡，接連接到過去那些伙伴的來信，那些千里之外的來信所說的都是陳雷之死，和他死後的偵破。陳雷是那個小鎮上最富有的人，他擁有兩家工廠和一家在鎮上裝修得最豪華的飯店。他後來買下了汪家舊宅，那座一直被視為最有氣派的房屋。五年前，劉冬生回到小鎮過春節時，汪家舊宅正在翻修。劉冬生在路上遇到一位穿警服的幼時伙伴，問他在哪裡可以找到陳雷，那個伙伴說：「你去汪家舊宅。」劉冬生穿越了整個小鎮，當他應該經過一片竹林時，竹林已經消失了，替代竹林的是五幢半新不舊的住宅樓。他獨自一人來到汪家舊宅，看到十多個建築工人在翻修它，舊宅的四周搭起了腳手架。他走進院門，上面正扔下來瓦片，有個人在上面喊：「你想找死。」

喊聲制止了劉冬生的腳步。劉冬生站了一會，扔下的瓦片破碎後濺到了他的腳旁，他從院門退了出來。在一排堆得十分整齊的磚瓦旁坐下。他在那裡坐了很久以後，才看到陳雷騎著一輛摩托車來到。身穿皮茄克的陳雷停穩摩托車，掏出香菸點燃後似乎看了劉冬生一眼，接著朝院門走去，走了幾步又回過頭來看劉冬生。這次他認出來了，他咧嘴笑了，劉冬生也笑。陳雷走到劉冬生身旁，劉冬生站起來，陳雷伸手摟住他的肩膀說：「走，喝酒去。」現在，陳雷已經死去了。

從伙伴的來信上，劉冬生知道那天晚上陳雷是一人住在汪家舊宅的，他的妻子帶著兒子回到三十里外的娘家去了。陳雷是睡著時被人用鐵榔頭砸死的，從腦袋開始一直到胸口，到處都是窟窿。陳雷的妻子是兩天後的下午回到汪家舊宅的，她先給陳雷的公司打電話，總經理的助手告訴她，他也在找陳雷。

他妻子知道他已有兩天不知去向後吃了一驚。女人最先的反應便是走到臥室，在那裡她看到了陳雷被榔頭砸過後慘不忍睹的模樣，使她的尿一下子衝破褲襠直接到了地毯上，隨後昏倒在地，連一聲喊叫都來不及發出。

陳雷生前最喜歡收集打火機。警察趕到現場後，發現什麼都沒有少，只有他生前收集到的五百多種打火機，從最廉價的到最昂貴的全部被兇手席捲走了。現在，遠在千里之外的劉冬生，翻閱著那些伙伴的來信，偵破直到這時尚無結果，那些信都是對陳雷死因的推測，以及對嫌疑犯的描述。從他們不指名道姓的眾多嫌疑者的描述中，劉冬生可以猜測到其中兩、三個人是誰，但是他對此沒有興趣。他對這位最親密伙伴的死，有著自己的想法。他回憶起了三十年前。

三十年前

石板鋪成的街道在雨後的陽光裡濕漉漉的，就像那些晾在竹竿上的塑膠布。街道上行走的腳和塑膠布上的蒼蠅一樣多。兩旁樓上的屋簷伸出來，幾乎連接到一起。在那些敞開的窗戶下，晾滿了床單和衣服。幾根電線從那裡經過，有幾隻麻雀嘰嘰喳喳地來到，棲落在電線上，電線開始輕微地上下擺動。一個名叫劉冬生的孩子撲在一個窗戶上，下巴擱在石灰的窗台上往下面望著，他終於看到那個叫陳雷的孩子走過來了。陳雷在眾多大人的腿間無精打采地走來，他東張西望，在一家雜貨店前站一會，手在口袋裡摸索了半晌，拿出什麼吃的放入嘴中，然後走了幾步站在了一家鐵匠鋪子前，裡面一個大人在打鐵的聲響裡喊道：

「走開，走開。」他的腦袋無可奈何地轉了過來，又慢吞吞地走來了。

劉冬生每天早晨，當父母咔嚓一聲在門外上了鎖之後，便撲到了窗台上，那時候他便會看到住在對面樓下的陳雷跟著父母走了出來。陳雷仰著腦袋看他父母鎖上門。他父母上班走去時總是對他喊：「別到河邊去玩。」陳雷看著他們沒有作聲，他們又喊：

「聽到了嗎？陳雷。」陳雷說：「聽到了。」

那時候劉冬生的父母已經走下樓梯，走到了街上，他父母回頭看到了劉冬生，就訓斥道：「別撲在窗前。」

劉冬生趕緊縮回腦袋，他的父母又喊：

「劉冬生，別在家裡玩火。」

劉冬生嗯地答應了一聲。過了一會，劉冬生斷定去上班的父母已經走遠，他重新撲到窗前，那時候陳雷也走遠了。

此刻陳雷站在了街道中央的一塊石板上，他的身體往一側猛地使勁，一股泥漿從石板下沖出，濺到一個大人的褲管上，那個大人一把捏住陳雷的胳膊：

「你他娘的。」陳雷嚇得用手捂住了臉，眼睛也緊緊閉上，那個臉上長滿鬍子的男人鬆開了手，威脅道：「小心我宰了你。」

說完他揚長而去，陳雷卻是驚魂未定，他放下了手，仰臉看著身旁走動的大人，直到他發現誰也沒在意他剛才的舉動，才慢慢地走開，那弱小的身體在強壯的大人中間走到了自己屋前。他貼著屋門坐到了地上，抬起兩條胳膊揉了揉眼睛，然後仰起臉打了個呵欠，打完呵欠他看到對面樓上的窗口，有個孩子正看著他。劉冬生終於看到陳雷在看他了，他笑著叫道：

「陳雷。」陳雷響亮地問：「你怎麼知道我名字？」

劉冬生嘻嘻笑著說：「我知道。」

兩個孩子都笑了，他們互相看了一陣後，劉冬生問：

「你爹媽為什麼每天都把你鎖在屋外？」

陳雷說：「他們怕我玩火把房子燒了。」

說完陳雷問：「你爹媽為什麼把你鎖在屋裡？」

劉冬生說：「他們怕我到河邊玩會淹死。」

兩個孩子看著對方，都顯得興致勃勃。陳雷問：「你多大了？」「我六歲了。」劉冬生回答。

「我也六歲。」陳雷說，「我還以為你比我大呢。」

劉冬生咯咯笑道：「我踩著凳子呢。」

街道向前延伸，在拐角處突然人群湧成一團，幾個人在兩個孩子眼前狂奔過去，劉冬生問：「那邊出了什麼事？」

陳雷站起來說：「我去看看。」

劉冬生把脖子掛在窗外，看著陳雷往那邊跑去。那群叫叫嚷嚷的人拐上了另一條街，劉冬生看不到他們了，只看到一些人跑去，也有幾個人從那邊跑出來。陳雷跑到了那裡，一拐彎也看不到了。過了一會，陳雷呼哧呼哧地跑了回來，他仰著腦袋喘著氣說：「他們在打架，有一個人臉上流血了，好幾個人都撕破了衣服，還有一個女的。」劉冬生十分害怕地問：「打死人了嗎？」

「我不知道。」陳雷搖搖頭說。

兩個孩子不再說話，他們都被那場突然來到的暴力籠罩著。很久以後，劉冬生才說話：「你真好！」

陳雷說：「好什麼？」「你想去哪裡都能去，我去不了。」

「我也不好。」陳雷對他說，「我睏了想睡覺都進不了屋。」

劉冬生更為傷心了，他說：「我以後可能看不見你了，我爹說要把這窗戶釘死，他不准我撲在窗口，說我會掉下來摔死的。」陳雷低下了腦袋，用腳在地上劃來劃去，劃了一會他抬起頭來問：「我站在這裡說話你聽得到嗎？」

劉冬生點點頭。陳雷說：「我以後每天都到這裡來和你說話。」

劉冬生笑了，他說：「你說話要算數。」

陳雷說：「我要是不到這裡來和你說話，我就被小狗吃掉。」陳雷接著問：「你在上面能看到屋頂嗎？」

劉冬生點點頭說：「看得到。」

「我從沒見過屋頂。」陳雷悲哀地說。

劉冬生說：「它最高的地方像一條線，往這邊斜下來。」

兩個孩子的友誼就是這樣開始的，他們每天都告訴對方看不到的東西，劉冬生說的都是來自天空的事，地上發生的事由陳雷來說。他們這樣的友誼經歷了整整一年。後來有一天，劉冬生的父親將鑰匙忘在了屋中，劉冬生把鑰匙扔給了陳雷，陳雷跑上樓來替他打開了門。

就是那一天，陳雷帶著劉冬生穿越了整個小鎮，又走過了一片竹林，來到汪家舊宅。

汪家舊宅是鎮上最氣派的一所房屋，在過去的一年裡，陳雷向劉冬生描繪得最多的，就是汪家舊宅。

兩個孩子站在這所被封起來的房子圍牆外，看著麻雀一群群如同風一樣在高低不同的屋頂上盤旋。石灰的牆壁在那時還完好無損，在陽光裡閃閃發亮。屋簷上伸出的瓦都是圓的，裡面像是有各種圖案。

陳雷對看得發呆的劉冬生說：

「屋簷裡有很多燕子窩。」

說著陳雷撿起幾塊石子向屋簷扔去，扔了幾次終於打中了，裡面果然飛出了小燕子，嘰嘰喳喳驚慌地在附近飛來飛去。劉冬生也撿了石子朝屋簷扔去。

那個下午，他們繞著汪家舊宅扔石子，把所有的小燕子都趕了出來。燕子不安的鳴叫持續了一個下午。到夕陽西下的時候，兩個筋疲力竭的孩子坐在一個土坡上，在附近農民收工的吆喝聲裡，看著那些小燕子飛回自己的窩。一些迷途的小燕子找錯了窩連續被驅趕出來，在空中悲哀地鳴叫，直到幾隻大燕子飛來把牠們帶走。

陳雷說：「那是牠們的爹媽。」

天色逐漸黑下來的時候，兩個孩子還沒記起來應該回家，他們依舊坐在土坡上，討論著是否進這座寬大的宅院去看看。

「裡面會有人嗎？」劉冬生問。

陳雷搖搖腦袋說：「不會有人，你放心吧，不會有人趕我們出來的。」「天都要黑了。」陳雷看看正在黑下來的天色，準備進去的決心立刻消亡了。他的手在口袋裡摸索了一陣，拿出什麼放入嘴中吃起來。

劉冬生吞著口水問他：「你吃什麼？」

陳雷說：「鹽。」說著，陳雷的手在口袋的角落摸了一陣，摸出一小粒鹽放到劉冬生嘴中。這時，他們似乎聽到一個孩子的喊叫：「救命。」

他們嚇得一下子站了起來，互相看了半晌，劉冬生嗡嗡地說：「剛才是你喊了嗎？」

陳雷搖搖頭說：「我沒喊。」

話音剛落，那個和陳雷完全一樣的嗓音在那座昏暗的宅院裡又喊道：「救命。」劉冬生臉白了，他說：「是你的聲音。」

陳雷睜大眼睛看著劉冬生，半晌才說：「不是我，我沒喊。」

當第三聲救命的呼叫出來時，兩個孩子已在那條正瀰漫著黑暗的路上逃跑了。

難逃劫數

一

東山在那個綿綿陰雨之晨走入這條小巷時，他沒有知道已經走入了那個老中醫的視線。因此在此後的一段日子裡，他也就無法看到命運所暗示的不幸。

那個時候，他的目光正漫不經心地在街兩旁陳列的馬桶上飄過去，兩旁屋簷上的雨水滴下來，出現了無數微小的爆炸。儘管雨水已經穿越了衣服開始入侵他的皮膚，可四周滴滴答答的聲音，始終使他恍若置身於一家鐘錶店的櫃台前。他顯然沒有意識到自己正行走在一條小巷之中。由於對待自己偷工減料，東山在這天早晨出門的那一刻，他就不對自己負責了。

後來，就像是事先安排好似的，在一個像口腔一樣敞開的窗口，東山看到了一條肥大的內褲。內褲由一根纖細的竹竿挑出，在風雨裡飄揚著百年風騷。展現在東山視野中的這條內褲，有著龍飛鳳舞的線條和深入淺出的紅色。於是在那一刻裡，東山橫掃了以往依附在他身上的委靡不振，他的臉上出現了從未有過的洶湧激情。就這樣，東山走上了命運為他指定的災難之路。

直到很久以後，沙子依然能夠清晰地回憶起那天上午東山敲開他房門時的情景。東山當初的形象使躺在被窩裡的沙子大吃一驚。那是因為沙子透過東山紅彤彤的神采看到了一種灰暗的災難。他隱約看到東山的形象被摧毀後的淒慘。但是沙子當初沒有告訴他這些，沙子沒有告訴東山可以用忘記來解釋。

聽完了東山的敘述，一個肥大的女人形象在沙子眼前搖晃了一下。沙子準確地說出了這個女人的名字：

「露珠。」

沙子又說：

「她的名字倒是小巧玲瓏。」

然後沙子向東山獻上了並不下流的微微一笑，但是東山不可能體會到這笑中所隱藏的嘲弄。

東山走後，沙子精確地想像出了東山在看到那條肥大內褲以後的情景——

東山熱血沸騰地撲到了窗口上，一個醜陋無比並且異常肥大的女人進入了他的眼睛，經過一段熱淚盈眶的窒息，東山用那種森林大火似的激情對她說：

「我愛你！」

沙子也想像出了露珠在那一刻裡的神態。他知道這個肥大的女人一定是像一隻跳蚤一樣驚慌失措了。

二

呈現在老中醫眼中的這條小巷永遠是一條灰色的褲帶形狀，兩旁的房屋如同衣褲的皺紋，死去一般固定在那裡。東山就是在這上面出現的。那個時候，露珠以一只郵筒的姿態端坐在窗口，而她的父親，這個臉上長滿黴點的老中醫卻站在她的頭頂。他們之間只有一板之隔。老中醫此刻的動作是撩開拉攏的窗簾一角，窺視著這條小巷。這動作二十年前他就掌握了，二十年的操練已經具有了爐火純青的結果，那就是這窗簾的一角已經微微翹起。二十年來，在他所能看到的對面的窗戶和斜對面的窗戶上，窗簾的圖案和色彩經歷了不停的更換。從那些窗口上時隱時現的臉色裡，他看到了包羅萬象的內容。在這條小巷裡所出現的所有人的行為和聲音，他都替他們保存起來了。那都是一些交頭接耳，頭破血流之類的東西。自然也有那種親熱的表達，然而這些親熱在他看來十分虛偽。二十年來他一直沉浸在別人暴露而自己隱蔽的無比喜悅裡，這種喜悅把他送入了長長的失眠。

東山最初出現在老中醫視線中時，不過是一個索然無味的長方形。他在雨的空蕩裡走來。然而當東山突然站住時，老中醫才預感到將會發生些什麼了。在此後一段日子，老中醫因為未能更早地預感，他無情地譴責了自己的遲鈍。那時候在東山微微仰起的臉上，他開始看到一股激情在洶湧奔瀉，於是他感到自己的預感得到了證實。不久之後東山的身影一閃消失了，他知道東山已經撲到了露珠的窗口。接著他便聽到一聲如同早晨雄雞啼叫一般的聲音。

面對東山的出現，露珠以無可非議的驚慌開始了她的渾身顫抖。這種出現顯然是她無時不刻期待之中的，然而使她措手不及的是東山的形象過於完美。她便由此而顫抖起來。因為身體的顫抖，她的目光就混亂不堪，所以東山的臉也就雜亂無章地扭動起來。露珠隱約看到了東山的嘴唇如同一只起動了的馬達，扭曲畸形的聲音就從那裡發出。她知道這聲音裡所包含的全部意義，儘管她一點也無法聽清。

這個時候，她聽到了幾隻麻雀撞在窗玻璃上的聲音，這種聲音來到時將東山的滔滔不絕徹底粉碎。她知道那是父親的聲音，父親正在竊竊而笑。他的笑聲令她感到如同一個肺病患者的咳嗽。她知道他已經離開了窗口，確實如此，老中醫此刻正趴在地板上，那裡有一個小孔，他用一隻眼睛窺視露珠已經很久了。

在此後的時間裡，東山像一隻麻雀一樣不停地來到露珠的窗口，喳喳叫個不止。然而在這堅強的喳喳聲裡，露珠始終以憂心忡忡的眼色淒涼地望著東山。東山俊美的形象使她憂心忡忡。在東山最初出現的臉上，她以全部的智慧看到了朝三暮四。而在東山追求的間隙裡，她的目光則透過窗外的綿綿陰雨，開始看到她與東山的婚禮。與此同時她也看到了自己被拋棄後的情景，她的目光長久地停留在這情景上面。

每逢這時，她都將聽到父親那種咳嗽般的笑聲。父親的笑聲表明他已經看出了露珠心中的不安。於是在第二天的夜晚來到以後，他悄然地走到了露珠的身後，遞過去一小瓶液體。

正在沉思默想的露珠在接過那個小瓶時，並沒有忘記問一聲：

「這是什麼？」

「你的嫁妝。」

老中醫回答，然後他又咳嗽般地咯咯笑了起來。在父親尖利的笑聲裡，露珠顯然得到了一點啟示。但她此刻需要更為肯定的回答。於是她又問：

「這是什麼？」

「硝酸。」

父親這次回答使她領悟了這小瓶裡所裝的深刻含意。她將小瓶拿在手中看了很久，但她沒看到那傾斜的液體是什麼顏色。她所看到的是東山的形象支離破碎後，在液體裡一塊一塊地浮出，那情形慘不忍睹。然而正是這情形，使盤旋在露珠頭頂的不安開始煙消雲散。露珠開始意識到手中的小瓶正是自己今後幸福的保障。可是她在瓶中只看到了東山的不幸，卻無法看到自己的災難。

於是露珠對東山愛情的抵制持續了兩天以後，在這一刻裡夭折了。事實上露珠在最初見到東山時，她在內心已經扮演了追求的角色，所謂抵制不過是一本書的封面。

當翌日清晨東山再次以不屈的形象出現在露珠窗口時，呈現在他眼前的露珠無疑使他大吃一驚。正如後來他對沙子所說的：

「她簡直像是要從窗裡撲過來似的。」

在那十分迅速的驚愕過去以後，東山馬上明白他們的位置已經做了調整。眼下是他被露珠狂熱的追求壓倒了。他立刻知道結婚已經是一件迫在眉睫的事情。那時候兩天前開始的這場雨還在綿綿不絕地下著。因為是在雨中認識，在雨停之前相愛，所以東山感到他們的愛情有點潮濕。但是由於東山的眼睛被一層網狀的霧瘴所擋住，他也就沒法看到他們的愛情上已經爬滿了蜒蚰。

三

所有的朋友都來了，他們像一堆垃圾一樣聚集在東山的婚禮上。那時候森林以沉默的姿態坐在那裡。不久以後他坐在拘留所冰涼的水泥地上時，也是這個姿態。他妻子就坐在他的對面，他身旁的一個男人正用目光剝去他妻子的上衣。他妻子的眼睛像是月光下的樹影一樣陰沉。很久以後，森林再度回想起這雙眼睛時，他妻子在東山婚禮最後時刻的突然爆發也就在預料之中了。森林的沉默使他得以用眼睛將東山婚禮的全部過程予以概括。在那個晚上沒人能像森林一樣看到所有的情景。

森林以一個旁觀者銳利的目光成功地做到了這一點。不僅如此，他還完成了幾個準確的預料。所以當廣佛一走進門來時，森林就知道他將和東山的表妹彩蝶合作幹些什麼了。那個時候他們為他提供的材料僅僅只是四目相視而已，但這已經足夠了。因為森林在他們兩人目光的交接處看到了危險的火花。後來的事實證明了森林是正確的。那時候東山的婚禮已經進入了高潮。森林的眼睛注視著一夥正在竊竊私語的人的影子，這些人的影子貼在斑駁的牆上。他們的嘴像是水中的魚嘴一樣吧嗒著。牆上的影子如同一片烏雲，而那一片嗡嗡聲則讓他感到正被一群蒼蠅圍困。彩蝶的低聲呻吟就是穿破這片嗡嗡聲來到森林耳中的，她的呻吟如同貓叫。於是頭靠在桌面上渾身顫抖不已的彩蝶進入了他的眼睛。而坐在她身旁的廣佛卻是大汗淋漓，他的雙手入侵了彩蝶。廣佛像是揉製鹹菜一樣揉著彩蝶。一個男孩正在他們身後踮腳看著他們。森林在這個男孩臉上看到了死亡的美麗紅暈。

儘管後來時過境遷，然而森林還是清晰地回想出露珠當初像塗滿豬血一樣紅得發黑的臉色，和坐在她身旁東山躁動不安的神態。他甚至還記起曾有一串灰塵從屋頂掉落下來，灰塵掉入了東山的酒杯。

他始終聽到東山像一個肺氣腫患者那樣結結巴巴的呼吸聲，他覺得自己聽到的是一種強烈的欲望在呼吸。因此當東山莫名其妙地猛地站起，又莫名其妙地猛地坐下時，他感到東山已經無法忍受欲望的煎熬了。他看到東山坐下以後用肩膀急躁地撞了撞他的新娘。當新娘轉過頭去看他時，他向她使出了詭計多端的眼色。而她顯然無法領會，因為她的頭又轉了回去。可是她隨即就大叫一聲，這一聲使那些竊竊私語者驚慌失措。顯然東山在她身上最肥沃處擰了一把，她於是又將眼睛交給了東山，東山這一次使出來的眼色已經肆無忌憚了。森林感到東山的眼色與對面那扇門有關，那扇門半掩著，他看到一張床的一只角。

沙子是在這個時候進來的，他進來以後並沒有利用一把空著的椅子，他背靠著門站在了那裡。於是森林彷彿看到在一條空蕩的街道拐彎處，在一只路燈空虛的光線裡，站著一個瘦長的人影。他發現沙子的目光始終逗留在某一個梳著辮子的姑娘頭上。那個時候他從沙子神祕的微笑上似乎領悟到了什麼。他的這種先兆在不久之後得到了證實。因此在幾天以後，森林帶著廣佛的骨灰敲開沙子屋門後，他向沙子揭穿了這個陰謀。儘管沙子在那一刻裡裝著若無其事，但他還是一眼看出了沙子心中的不安。

在沙子進來之前，森林發現妻子的眼睛已經不僅僅是陰沉了，裡面開始動蕩起憤怒的痛苦。可是森林那能夠看出沙子詭計的銳利目光一旦投射到妻子身上時，卻變得格外遲鈍。即便是在那個時候，他仍然沒有準備到妻子的突然爆發。

那時候東山依然在使著眼色，可他的新娘因為無法理解而臉上布滿了愚蠢。於是東山便湊過去咬牙切齒地說了一句什麼，總算明白過來的新娘臉上出現了幽默的微笑。隨即東山和他的新娘一起站了起來。東山站起來時十分粗魯，他踢倒了椅子。正如森林事先預料的一樣，他們走進了那個房間。但是他們沒有將門關上，所以森林仍然看到那張床的一只角，不過沒有看到他們兩人，他們在床的另一端。然後那扇門關上了。

不久之後，那間屋子裡升起了一種混合的聲音，聲音從門縫裡擠出來時近似刷牙聲。在這混合的聲音裡最嘹亮的是床在嘎吱嘎吱響著。森林微微一笑，他想：

「一張破床。」

這一頃刻那一片嗡嗡聲驀然終止，那些竊竊私語者都抬起了夢遊症患者一樣的臉來。森林注意到廣佛開始騰出手來擦汗了，於是彩蝶靠在桌面上的頭也總算仰起，在她仰起的臉上，森林看到了一種疲倦的紫色。那個男孩也不再踮著腳，他開始朝那扇門奇怪地張望。

森林是在這時看到沙子實現了他的詭計。他看到沙子微笑地走到那個正在凝神細聽的姑娘身後，沙子從口袋裡拿出了一把剪刀，剪刀在燈光下一閃之後，那姑娘便失去了一根辮子。於是森林看到姑娘的頭顱像是失去重心一樣搖擺了過去。沙子往後退去時仍然在微笑，他一直退到門旁。可是不一會森林發現沙子已經坐在妻子的身旁，沙子從門旁到那裡的過程，森林沒有看到。

這時候那扇門似乎在微微抖動了，裡面的聲音像風一樣打在門上。森林感到那聲音像是從油鍋裡煎出來似的熱氣騰騰。隨後森林聽到這混合在一起的聲音開始了運動。那聲音在屋內抱成一團，並且翻滾起來。彷彿從床上掉落在地，滾到了牆角，又從牆角滾到了床底下。於是森林清晰地分辨出了兩種聲音。他聽到了柳枝抽打玻璃的尖利聲和巨石從山坡上滾下時的沉重喘息。他體會到這兩種聲音所形成的對抗。然而對抗是暫時的，不久之後它們便趨向了和解。它們從狹路相逢進入劍拔弩張的高潮後，又立刻跌了下來，這兩種聲音開始同舟共濟了，並且正在快速地遠去。此後一片平靜呈現了，如同呈現了一片沒有波浪的湖面。

然後屋內響起了比口哨還要歡暢的腳步聲，接著那扇門打開了。東山首先走出來，他臉上的笑容像是一只爛掉的蘋果，但他總算像一個新郎了。他的新娘緊隨其後，新娘的臉色像一只二十瓦的燈泡一樣閃閃發光。他們從容不迫地在剛才的位置上坐了下來，他們的神態強詞奪理地在說明他們沒有離開過。

廣佛和彩蝶開始面面相覷，透過面面相覷，森林得意地看到了他們心中正羞愧不已。但是森林沒有料到的是他們兩人突然果斷地站了起來，接著以同樣的果斷朝門口走去。門被打開後又被關上。然後他們已經不再存在於屋內，他們已經屬於守候在屋外的夜晚。接著那門又被打開又被關上，森林看到那個男孩也出去了。在男孩出門的一瞬間，森林看到男孩的後腦勺上出現了一點可怕的光亮。

然而這個時候，森林妻子將忍耐多時的悲哀像一桶冷水一樣朝他倒來。他的妻子在那一刻突然哇哇大哭起來，如一只汽車喇叭突然摁響一樣。妻子的哭聲像硝煙一樣在屋內瀰漫開來，她用食指凶狠地指著森林：

「你從來沒為我買過一條漂亮褲子。」

那時候森林眼前出現了一片空蕩，而一塊絕望的黑紗在空蕩裡飄來了。正是在這一刻，森林心中燃起了仇恨之火，正如他後來對沙子所說的：

「我仇恨所有漂亮的褲子。」

四

廣佛和彩蝶經過漫長的面面相覷以後，他們毅然地來到了屋外。他們十分乾脆地體現了命運的意志。他們出門以後繞過了幾棵從房屋的陰影裡挺身而出的樹木，但他們沒有注意樹梢在月光裡顯得冰冷而沒有生氣，顯然這是不幸的預兆。那個時候廣佛的智慧已被情欲湮沒。直到多日以後，廣佛的人生之旅行將終止時，他的智慧才恢復了洞察一切的能力。然而那時候他的智慧只能表現為一種徒有其表的誇誇其談了。

廣佛在臨終的時刻回想起那一幕時，他才理解了當初他和彩蝶沙沙的腳步聲裡為何會有一種嘶嘶的噪音。這噪音就是那男孩的腳步。那時候男孩就在他們身後五米遠的地方。但是當廣佛發現他時已是幾分鐘以後的事了，那時候男孩的手電光線照在了他的眼睛上。男孩干涉了廣佛的情欲，廣佛的憤怒便油然而升，接著廣佛的災難也就翩翩來到了。

那天晚上他們並沒有走遠，他們出門以後只走了十多米，然後就在一片陰險閃爍的草地上如跌倒一樣地滾了下去。於是情欲的洪水立刻把他們沖入了一條虛幻的河流，他們沉下去之後便陷進了一片汙泥之中。以致那個男孩走到他們身旁時，他們誰也沒有覺察。

首先映入男孩眼簾的是一團黑黑的東西，似乎是兩頭小豬被裝進一只大麻袋時的情景。然而當男孩打亮手電照過去時，才知道情況並不是那樣，眼前的情景顯然更為生動。

所以他就在他們四周走了一圈。他這樣做似乎是在挑選最理想的視覺位置，可他隨即便十分馬虎地在他們右側席地而坐。他手電的光線穿越了兩米多的空間後，投射在他們臉上，於是孩子看到了兩張畸形的臉。與此同時那四隻眼珠裡迎著光線射過來的目光使孩子不寒而慄。所以他立刻將光線移開，移到了一條高高翹起的腿上，這條腿像是一棵冬天裡的樹幹，褲管微微有些耷拉下來，像是樹皮在剝落下來。最上面是一只漂亮的紅皮鞋，那麼看去彷彿是一抹朝霞。腿在那裡瑟瑟搖晃。不久之後那條腿像是斷了似的猝然彎曲下來，接著消失了。然而另一條腿卻隨即挺起，這另一條腿的尖端沒有了那只早霞一樣的紅皮鞋，也沒有褲管在微微耷拉下來，什麼都沒有，有的只是一條腿，這條腿很純粹，孩子的手電光照在那上面，如同照在一塊大理石上，孩子看到自己的手電光在這條腿上嘹亮地奔瀉。然後他將光線移到了另一端，因此孩子看到的是一隻張開的手掌，手掌彷彿生長在一顆黑黑的頭顱上。他將光線的焦點打在那隻手掌上，四周的光線便從張開的指縫裡流了過去。隨後手掌突然插入了那黑黑的頭顱，於是一撮一撮黑髮直立了起來，如同一叢一叢的野草。接著黑髮又垂落下去，黑髮垂落時手掌消失了。孩子便重新將光線照到他們臉上，他看到那四隻眼睛都閉上了，而他們的嘴則無力地張著，像是垂死的魚的嘴。他又將光線移到剛才出現大腿的地方，光線穿過了那裡以後照在一棵樹上。剛才的情景已經一去不返了，如今呈現在手電光下的不過是一堆索然無味的身體。於是他熄滅了手電。

廣佛從地上爬起來時，孩子還坐在那裡。他回頭看了看彩蝶，彩蝶正在爬起來。於是他就向孩子走去，孩子的眼睛一直在看著他，那雙眼睛像是兩隻螢火蟲。孩子坐在那裡一動不動，月光照在他身上彷彿他身上披滿水珠。廣佛走到他跟前，站了片刻，他在思忖著從孩子身上哪個部位下手。最後他看中了孩子的下巴，孩子尖尖的下巴此刻顯得白森森的。廣佛朝後退了半步，然後提起右腳猛地踢向孩子的下巴，他看到孩子的身體輕盈地翻了過去，接著斜躺在地上了。廣佛在旁邊走了幾步，這次他看中了孩子的腰。他看到月光從孩子的肩頭順流而下，到了腰部後又魚躍而上來到了臀部。他看中了孩子的腰，他提起右腳朝那裡狠狠踢去。孩子的身體沉重地翻了過去，趴在了地上。現在廣佛覺得有必要讓孩子翻過身來，因為廣佛喜歡仰躺的姿態。於是他將腳從孩子的腹部伸進去輕輕一挑，孩子一翻身形成了仰躺。廣佛看到孩子的眼睛睜得很大，但不再像螢火蟲了。那雙眼睛似是兩顆大衣鈕釦。血從孩子的嘴角歡暢流出，血在月光下的顏色如同泥漿。廣佛朝孩子的胸部打量了片刻，他覺得能夠聽聽肋骨斷裂的聲音倒也不錯。這樣想著的時候，他的腳踩向了孩子的胸肋。接下去他又朝孩子的腹部踩去一腳。然後他才轉過頭去看了看彩蝶，彩蝶一直站在旁邊觀瞧，他對彩蝶說：

「走吧。」

當廣佛和彩蝶重新走入東山的婚禮時，森林的妻子還在嚎啕大哭。所以誰也沒有注意到他們推門而入，因此他們若無其事的神態顯得很真實。在所有人中間，只有森林意識到他們兩人剛才開門而出，但是森林此刻正在被仇恨折磨，他無暇顧及他們的回來。於是彩蝶便逃離眾目睽睽，她可以神態自若地坐回到自己的位置上。然後她又以同樣的神態自若，看著廣佛怎樣走到那夥竊竊私語者身旁，她看到廣佛朝喜氣洋洋的東山微微一笑，隨後俯下身對一個男人說了一句話，她知道廣佛是在說：

「我把你兒子殺了。」

在那個男人仰起的臉上，彩蝶看到一種睡夢般的顏色。接著廣佛離開了那夥人，當廣佛重新在彩蝶身旁坐下時，彩蝶立刻嗅到了廣佛身上開始散發出來的腐爛味，於是她就比廣佛自己更早地預感到了他的死亡。與此同時，她的目光投射到了露珠的臉上，她從露珠臉上新奇地看到了廣佛剛才朝那夥人走去時所擁有的神色。因此當翌日傍晚她聽到有關東山的不幸時，她絲毫也驚訝不起來，對她來說這已是一個十分古老的不幸了。

五

聚集在東山婚禮上的那群人像是被狂風吹散似的走了。沙子是第一個出門的，他出去時晃晃悠悠像一片敗葉，而緊隨其後森林那僵硬的走姿無疑是一根枯枝的形象。他們就這樣全都走了。東山感到婚禮已經結束，所以他也搖晃地站起來，朝那扇半掩的門走去。他走去時的模樣很像一條掛在風中的褲子。那個時候東山的內心已被無所事事所充塞，這種無所事事來自於剛才情欲的滿足和幾瓶沒有商標的啤酒。因此當東山站起來朝裡屋走去時，他似乎忘掉了露珠的存在，他只是依稀感到身旁有一塊貼在牆上的黑影。於是他也就不可能知道此刻對露珠來說婚禮並沒有結束。如果他發現這一點的話，並且在此後的每時每刻都警惕露珠的存在，那麼他也就成功地躲避了強加在他頭上的災難。然而這一切在他做出選擇之前就已經命中注定了。東山一躺到那張床上就立刻呼呼睡去，命運十分慷慨地為露珠騰出了機會。

在此之前，露珠清晰地聽到那張床發出的嘎吱嘎吱的響聲，如同一條船在河流裡搖過去的櫓聲，而且聲音似乎在漸漸地遠去。這使露珠感到很寧靜。隨後東山的鼾聲出現了，東山的鼾聲讓露珠覺得內心踏實了。所以她就站起來，她聽到自己身體擺動時肥大的聲響。那個時候屋外的月光使窗玻璃白森森地晃動起來，這景象顯然正是她此刻的心情。她十分仔細地繞過聚集在她前面的椅子，她覺得自己正在繞過東山所有的朋友，他們一個一個都不再對她有威脅了。現在她已經站在了那間屋子的門口，她看到了東山側身躺著的形象。她生平第一次站在旁邊的角度看到一個男人的睡態，因而她內心響起了一種陰溝裡的流水聲。可是流水聲轉瞬即逝，因為她那時十分明白流水聲繼續響下去的危險，她已經意識到這聲音其實是命運設置的障礙。像繞過剛才的椅子那樣，這次她繞過了流水聲。她已經站在了梳妝台前，她的目光停留在那個小瓶上，她發現從鏡子裡反映出來的小瓶要比實際大得多。那個時候她搖搖晃晃地聽到了兩種聲音：

「這是什麼？」

那是她問父親的聲音和東山問她的聲音，兩種聲音像是兩張紙一樣疊在了一起。

她當初的回答是沿用了父親的回答：

「我的嫁妝。」

於是她看到東山臉上洋溢出了天真無邪，從那時她就知道自己要幹的這樁事遠比想像的要簡單。那時候她看到了東山其實是手無寸鐵，東山的智慧出現了缺陷，東山的智慧正在被情欲用肥皂洗去。所以她拿起小瓶時絲毫沒有慌亂，但是那一刻裡她的左眼皮突然劇烈地跳動了幾下。由於被行動的欲望所驅使，她沒有對這個徵兆給予足夠的重視，她錯誤地把這種徵兆理解為疲倦，所以日後的毀滅便不受任何阻撓地來到了。

她已經走到了床邊，東山因為朝右側身睡著，所以他左側的臉在燈光下紅光閃閃，那是啤酒在紅光閃閃。她用手指在那上面觸摸了一下，恍若觸摸在削下的水果皮上。然後她擰開了瓶蓋，將小瓶移到東山的臉上，她看著小瓶慢慢傾斜過去。一滴液體像屋簷水一樣滴落下去，滴在東山臉上。她聽到了嗤的一聲，那是將一張白紙撕斷時的美妙聲音。那個時候東山猛地將右側的臉轉了出來，在他尚未睜開眼睛時，露珠將那一小瓶液體全部往東山臉上潑去。於是她聽到了一盆水潑向一堆火苗時的那種一片嗤嗤聲。東山的身體從床上猛烈地彈起，接著響起了一種極為恐怖的哇哇大叫，如同狂風將屋頂的瓦片紛紛刮落在地破碎後的聲音。東山張大的嘴裡顯得空洞無物，他的眼睛卻是凶狠無比。他的眼睛使露珠不寒而慄。那時候露珠才開始隱約意識到了一點什麼，但她隨即又忽視了。東山在床上手舞足蹈地亂跳，接著跌落在地翻滾起來，他的雙手在臉上亂抓。露珠看到那些灼焦的皮肉像是泥土一樣被東山從臉上搓去。與此同時，露珠似乎聽到了父親咳嗽般的笑聲，笑聲像是屋頂上掉下來的灰塵一樣出現了。於是她迷迷糊糊地發現了自己的處境，她的思想搖曳地感到自己似乎是父親手槍裡的一顆子彈。

六

幾天以後，廣佛站在被告席上重溫了他那一天裡的全部經歷。他的聲音在大廳裡空洞地響著，那聲音正賣力地在揭示某一個真理。他在說到中午起床拉開窗簾後看到陽光如何燦爛時，他的神態說明他重又進入了那一天。然後有幾隻麻雀從半空裡飛下來，一陣喳喳聲也從半空裡飛了下來。於是他發現再在屋內待下去是愚蠢的，因此他就來到了屋外。走到屋外時一個素不相識的陌生人朝他微微一笑，這個微笑使他走到大街上時仍然難以忘懷。這個時候他碰到了東山，東山充滿激情地告訴他晚上的婚禮，那時候他表現出來的激情絕不遜色於東山。隨後他們兩人就各走東西。廣佛朝東走去時驀然感到東山剛才臉上的激情有些嚇人，但他卻沒有因此想到自己剛才表現的激情是否也嚇人。他就這樣走進了一家點心店，一客小籠包子端上來時熱氣騰騰，他的早餐便開始了。儘管他在某一只包子裡咬出了一顆小石子，可是並沒有影響他的情緒。在他走出點心店時，他下午的經歷開始了。他首先是走到郵局報欄前看了所有陳列出來的報紙的夾縫，他在夾縫裡看到了三條殺人的新聞。那個時候命運第一次向他暗示了，可是得到的結果卻與後來的暗示一樣，命運在對牛彈琴。隨後他離開報欄朝西走去，在走到那座橋上時，他得到了命運的第二次暗示，那時候他看到有一條披麻帶孝的小船哭哭啼啼地從橋下搖了過去，但他同樣無動於衷。他在橋上站了一會，他這樣做只是為了看看正在波動的水，水的顏色使他想起了一條柏油馬路。這個聯想出現後，他開始感到索然無味。於是他走下了橋，他望到了自己房間的窗口，那個窗口有點陰陽怪氣。這時候他才發現自己走了一圈的結局是回家。於是他就從剛才走下來時的樓梯走了上去。那個下午以後的時間他消磨在房間裡。他半躺在床上，用一隻眼睛看著窗外的一片樹葉，他記得那片樹葉的顏色是黃的。他在望著樹葉時不停地吹口哨，口哨表明他的心情一直很愉快。那片樹葉在口哨聲裡搖搖晃晃，顯得很危險。後來在他從床上跳起來準備去參加東山婚禮時，那片樹葉終於掉落下來，那掉下來的姿態慢慢吞吞。顯然這是命運的第三次暗示，他自然又忽視了。接下去他通過那個瀰漫著灰塵的樓梯，又來到了屋外。那個時候太陽掉下去了，一片晚霞掛在馬路上面，他十分愉快地走在晚霞和馬路中間。他記得當時什麼也沒有發生，連一片樹葉也沒有掉下來。他就這樣走到了東山家的小巷口，他的身體扭動一下後就走進了小巷。當時他朝那裡的一家衛生院望了一下，透過衛生院的窗玻璃他看到了一只正在挨針扎的屁股，但他尚未分辨一下這只屁股的性別，他就走過去了。然後他就出現在了東山的婚禮上，在東山婚禮上他首先看到的是那個男孩，那時男孩正用一雙透明的黑眼睛望著他，男孩的眼睛使他心裡湧上了一股奇怪的情緒，他想殺死他。那個時候命運的第四次暗示出現了。但他隨即被嬌媚的彩蝶招引了過去，他坐到了她的身旁，他用眼睛望著她的脖子，他的情欲之火就是這樣點燃的。不久之後他的左腿上出現了爬動的感覺，彩蝶用腳趾開始了勾引。於是他的雙手便開始傳達他的情欲之火。儘管他竭盡全力，可他還是感到自己的情欲舒展不開。後來是東山的果斷行為激勵了他，他就和彩蝶雙雙走到了屋外，在一片布滿水珠的草地上翻滾下去。那男孩的手電光也就接踵而至，手電光使他的情欲發洩時出現了憤怒的成分。憤怒的結果使他殺死了男孩。他就這樣連續錯過了命運的四次暗示，但是命運的暗示是虛假的，命運只有在斷定他無法看到的前提下才會發出暗示。他現在透過審判大廳的窗玻璃，看到了命運掛在嘴角的虛偽微笑。他用右手向窗外的天空一指，窗外的天空藍得虛無。他說這種虛偽微笑不是任何眼睛都能看到的，只有臨終的眼睛才能看到。當他此刻重新回顧那一天的經歷時，他才知道彩蝶和男孩其實是命運為他安排的兩個陰謀，他還知道自己只要避開其中一個，那他也就避開了兩個。可是由於他缺乏對以後的預見，所以他遲早也將在劫難逃。而他和彩蝶則是命運為男孩安排的兩個陰謀，現在男孩已經死了，他也將殊途同歸。唯有彩蝶倖存下來，命運在那一天為彩蝶安排的只是一個道具。現在他看到彩蝶的神色裡有一種更為可怕的東西，因此他意識到命運對彩蝶的陷害將會更為殘酷。他明確地告訴彩蝶，命運正在引誘她自殺。如果彩蝶重視他的臨終忠告，那麼她也許還能化險為夷。但是他十分遺憾地感到彩蝶對他的忠告顯然漫不經心，所以他認為彩蝶也在劫難逃了。如今他行將就木，他並不感到委屈。他只是懺悔對那個男孩的殘殺，他感到自己殺死的似乎不是那個男孩，而是自己的童年。所以當他扼殺了自己的童年以後，再在此刻回顧自己的人生之旅，他的眼睛淒涼地看到了一堆廢墟。現在他已經別無所求，他只希望沙子能夠將他的骨灰撒在一片蔚藍色的海面上，他將在波浪裡萬念俱滅，日出會將他的人生抹掉，就像他現在抹掉嘴角的唾沫一樣。

彩蝶十分無聊地聽著廣佛冗長的誇誇其談，那時候她站在證人席上，她的眼睛遠遠地注視著沙子，沙子像一片樹葉似的在那裡悄無聲息地飄來飄去。沙子從一個空座位不停地向另一個空座位轉移，沙子每次坐下時，她都要通過某一位時髦女子的頭髮才能繼續看到沙子，她看到的是沙子灰暗的前額，但是沙子的前額比廣佛的聲音要明亮多了。廣佛的聲音讓她彷彿看到一個男人在黑暗裡咬牙切齒。所以她警惕地感到那聲音不懷好意。因此當廣佛對她進行忠告時，她無可非議地將這種忠告理解為詛咒。廣佛對她結局的預言在她聽來如同麻雀的叫喚。那時她在心裡想著自己的美容，她已經沒有機會讓廣佛知道她已經和一位眼科醫生取得了聯繫，這個聯繫在一個月以前就開始了。那位眼科醫生會使她更為楚楚動人，醫生只需在她的眼皮上輕輕劃上兩刀，她就會擁有生動的雙眼皮，這個不久來到的事實會輕而易舉地粉碎廣佛的預言。儘管廣佛就站在她近旁，但她沒情緒去看他，看著鬼鬼祟祟的沙子使她覺得更為有趣。但是不久之後她就發現那人其實不是沙子，而是森林。森林與沙子的神態如此接近，她還是第一次發現。那個時候她已經走到大廳的門口了，她看到沙子就在前面走著，所以她就叫了一聲，然後她才發現那人其實是森林。接著她從森林喜氣洋洋的臉上感到，森林似乎十分樂意被錯認成沙子。與此同時她看到前面有幾個穿著緊身褲的時髦女子，彩蝶之所以注意她們是因為她們的臀部如同被刀割過一樣裂開了，裂開的模樣很挑逗，因為裡面的內褲色彩斑斕。

七

這天晚上，森林用小拇指敲開了沙子的屋門，這個舉動為他的這次拜訪塗上了一層神祕的色彩。他進屋以後就在沙子的床上坐了下來，床搖擺了幾下。然後他用一種詭祕的微笑注視著沙子。沙子顯然已經意識到森林的這次拜訪不同以往，所以他十分警惕地與他保持兩米的距離。然而森林開口的第一句話卻是告訴沙子有關廣佛的消息。他告訴沙子只用一顆子彈就將廣佛斷送了。那顆子彈很小，因為彈殼被一個孩子撿去了，所以森林現在只能向沙子伸出小拇指。

「就這麼小。」

接著森林傳達了廣佛的遺言。廣佛臨終時的重託顯然使沙子感到有些棘手，但他還是十分認真地詢問了廣佛的骨灰現在何處。森林便拍了拍兩只脹鼓鼓的上衣口袋。沙子才知道他把廣佛帶來了。於是沙子將一張十多年前的報紙在桌上鋪開，森林就走過去把兩只口袋翻出來將骨灰倒在報紙上，倒完以後森林用勁拍了拍口袋，剩餘的骨灰瀰漫開來，廣佛的一部分就這樣永久地占有了沙子的房屋。那個時候他們兩人同時嗅到了廣佛身上的汗酸味。

森林重新坐到沙子的床上，剛才那種詭祕的微笑又在他的嘴角出現。森林告訴沙子，彩蝶上午把他錯認的經過。但是沙子卻只是輕描淡寫地微微一笑。因此森林便提醒他，彩蝶的錯認有力地暗示了他們的接近。然而沙子立刻予以否定，因為他一點也沒看出這種所謂的接近。森林便不得不揭穿了沙子在東山婚禮上的行為，隨後他充滿歉意地說：

「我不是有意的。」

這無疑使沙子大吃一驚，但他立刻用滿不在乎的一笑掩蓋了自己的吃驚。然而他並不準備去否認，他遲疑了片刻後對森林說：

「那不是我的代表作。」

「這我知道。」

森林揮了揮手，他告訴沙子他今夜來訪的目的並不是要貶低沙子的天才，而是……他請沙子把剪刀拿出來。

但是沙子以沉默拒絕了，於是森林就從褲袋裡拿出了一把小刀，他將鋒利的刀口對準沙子，問：

「看到了嗎。」

確定了沙子的點頭以後，他便告訴沙子，這把小刀已經割破了二十個時髦女子的時髦褲子。他這樣做是因為他仇恨所有漂亮的褲子。然後他堅信沙子也有同樣的心理，並且認為當他割褲子聽到嘶嘶聲時所得到的快感，與沙子聽到剪刀咔嚓聲時的快感毫無二致。他再次請求沙子把剪刀拿出來。

沙子現在完全理解了森林妻子在東山婚禮上的嚎啕大哭。他微微一笑後從口袋裡拿出了剪刀，他也問：

「看到了嗎？」

「看到了。」

森林回答。接著他說雖然小刀和剪刀的形狀與大小都不一樣，但是：

「它們一樣有力。」

沙子聽完以後並不立刻回答，他蹲下身從床底拖出了兩只大木箱。他打開木箱以後讓森林看到了兩箱排列得十分整齊的辮子。他告訴森林它們中間每一根都代表著兩根辮子，因為他從來都只是剪一根辮子的，而另一根：

「她們會替我剪去的。」

這個情景使森林感到羞愧，於是他十分坦率地承認自己遠遠落後了。

「問題並不在這裡。」

沙子這樣說。但是森林表示他一下子還不能正確地理解這句話，所以沙子就只好明確地指出：森林不過是一個復仇者，而他卻是一個藝術家。

「我們的不同就在這裡。」

沙子仔細分析了森林割褲子和自己剪辮子的原始動機。他告訴森林他並不像他仇恨漂亮褲子那樣仇恨辮子，他是因為看到辮子時有一種本能衝動，這衝動要求他剪下辮子。所以他這樣做是為了表現自我，因此：

「我是一個藝術家。」

接著他對自己的這種衝動做了一個比喻：

「近似東山看到露珠時的那種衝動，但又完全不一樣。因為他是生理的，而我則是藝術的。」

提到東山的名字以後，兩人都沉默了片刻，表示對東山被毀壞的面容的悼念。

現在森林感到無話可說了，他看到了自己的失敗，他不得不承認沙子說得有理。

沙子看出了這種對自己有利的處境後，他就提議到外面去走一走，說話的時候他將廣佛的骨灰包了起來。然後他們就來到了屋外，在走出那條小巷時，沙子告訴森林儘管他們本質不同，可表現形式還是有共同之處的，鑒於這一點，沙子感到他們的友誼朝前跨出了很大一大步。

沙子的話使森林深受感動，因為這正是他今晚的目的所在。他來向沙子指出他們的接近，無非是為了證明他們的友誼朝前跨出了一大步。現在他感到心滿意足，他十分愉快地跟著沙子往前走。他們走去的方向有一條小河。那個時候他們誰也不知道命運已在河邊為他們其中的一人設置了圈套。

來到河邊以後，森林重提了彩蝶上午把他錯認的經過，他這樣做無非是證明他們的友誼朝前跨出一大步的另一種說法。森林說話的時候，沙子將報紙裡的廣佛扔進了那條正在閃爍流動的小河。廣佛無聲地掉落在水面上，由於報紙依舊包著，它漂浮了一小會，然後在橋的陰影裡消失。這個舉動使森林大吃一驚，但是沙子指著小河十分平靜地告訴森林：

「它會流入大海的。」

於是森林就開始想像這條小河如何七轉八彎流入了另一條河，這另一條河不久之後又歸入別的河流，如此下去無數河流出現了。再穿過無數田野竹林和無數小小的城鎮後被運河吞沒，運河北上以後進入了長江，長江浩蕩東去，流入了大海。在森林想像的最後時刻，那一片蔚藍色的海面果然出現了。

這時有幾個民警出現在他們面前，民警證實了誰是森林以後，就把森林帶走了。這個過程十分利索，雙方都心照不宣。森林在臨走時委託沙子常去看望他的妻子。森林在囑託的時候發現沙子臉上正流淌著得意的神采。於是他就對沙子說：

「我不會出賣你的。」

這其實是森林的一個陰謀，後來的事實證明森林的陰謀很成功。那幾個民警顯然重視了森林這句話，所以此後連續三次盤問森林，但森林每次都是堅定地回答：

「我不會出賣沙子的。」

儘管除此以外森林什麼也沒有說，但他卻是十分出色地將沙子展覽了出來。

八

沙子是在翌日傍晚去完成森林的委託的，他的這個行動說明他並沒有意識到自己已被森林出賣了。那個時候展現在沙子眼中的是一個蓬頭散髮的女人，那女人半躺在床上，陰沉地告訴了沙子她剛才幹了些什麼。

她指著床頭櫃上的半碗水對沙子說：

「我吞下了一碗老鼠藥。」

這話使沙子頗為驚訝，於是他就打聽她平時的飯量。

「也就那麼一碗。」

森林妻子的回答使沙子感到她必死無疑，因此他就立刻向她揭示了這個真理。她臉上出現了一隻鳥飛過時閃一下的陰影。

接著沙子又告訴她森林不久之後就會回來的，這句話顯然加深了她內心的痛苦。她說：

「我要懲罰他。」

「但那時你已經死了。」

沙子鄭重其事地提醒她。

沙子的提醒使她有些不知所措，但她隨即釋然了，她頗為得意地說：

「我已經懲罰他了。」

沙子思考了一下以後，表示同意她這句話。這時候他已經看穿了她的心計，因此他便向她描述了森林回來後的詳細情景。他從森林出獄後的激動心情說起，那時候森林有種想立刻擁抱妻子的強烈願望，所以他就一路小跑地回家，可是他推門而入時卻大吃一驚。因為那時她已經腐爛了，腐爛時臭氣沖天。這種久別重逢的情景顯然出乎森林的預料，因此他就嚎啕大哭起來。森林足足哭了一整天，他的哭聲使鄰居毛骨悚然，夜晚來臨時他的哭聲才算終止，於是他在床沿上悲痛欲絕地坐到深夜。森林是在這個時候毅然決定緊步妻子後塵的，他便站起來尋找老鼠藥，可是老鼠藥讓他妻子一人獨吞了。這個事實並沒有打消森林心中的決定，森林堅定地走到陽台上。沙子說到這裡停頓了一下，接著他十分詳細地描述了森林跳樓自殺的每一個細節，就是最後鮮血怎樣在馬路上洋溢開來他都足足說了五分鐘。

沙子的描述使森林妻子十分滿意，她告訴沙子：

「你和我想的完全一樣。」

同時她又指出了沙子描述裡的不真實處，那就是她並沒有腐爛，即便腐爛也不會是臭氣沖天。隨即她輕輕叫了一聲，這叫聲使沙子感到是一隻老鼠在叫喚。他看到她雙手捂住了胃部，她的身體十分有趣地扭曲起來，有一絲鮮血從她嘴角慢慢溢出。森林妻子這時候開始哇哇亂叫了，沙子耳中響起了一家工廠的所有聲音，這聲音使他不堪忍受。於是他就對她說如果難受的話，就把胃裡的老鼠藥吐出來。她像是得到啟示一樣哇哇地嘔吐了起來，吐得肆忌無憚。在她慢慢伸開的身體上，沙子看到嘔吐出來的東西像一條毯子似的蓋在她身上。在這色彩豐富的嘔吐物上，沙子可以想像出她的最後一餐是如何豐盛。同時他驚訝她居然有這麼大的一個胃。嘔吐物散發出來的氣味使沙子眼花撩亂，於是他就決定撤退了。

沙子逃離了森林妻子的嘔吐後，落入了彩蝶的手中。那個時候他已經來到了街上，正走在梧桐樹葉製造的陰影上，彩蝶像是等待已久似地站在他前面。那時候彩蝶使他感到長著四隻眼睛，那是因為彩蝶的眼皮上出現了兩塊小小的紗布，被膠布固定在那裡，彩蝶眉飛色舞地告訴了他美容手術的經過，沙子站得兩腿發瘆時她仍在喋喋不休。最後彩蝶邀請沙子在四天過去後的第五天傍晚來她家，參加她的揭紗布儀式。她得意洋洋地預言她的揭紗布儀式將會非常隆重，將會使東山的婚禮黯然失色。她指著紗布告訴沙子，那時候他就會發現：

「這裡面隱藏著驚人的美麗。」

九

四天過去以後的第五天夜晚，銷聲匿跡了一段日子的東山，無聲地推開了沙子的屋門。那個時候沙子剛剛從彩蝶的揭紗布儀式上出來，而他的心情還沒有完全出來，所以他的臉上有一種正在聽相聲的神色。

直到很久以後，沙子依然能夠清晰地回想起彩蝶當初坐在梳妝台前準備大吃一驚的神態，這個神態使沙子日後坐在拘留所灰暗的小屋內時，成功地排遣了一部分的寂寞。當他那時再度回想時，居然沒有隔世之感，那情景栩栩如生如同就在眼前。

他那無聊的思緒一旦逗留在當初彩蝶紗布揭開的情景上時，僅僅用興高采烈來表示顯然是不夠的。當紗布揭開時，也就是那個應該是激動人心的場面來到時，卻是一片沉默出現了，如同出現了一片陰沉的天空。這個沉默所表達的含意，在場的每個人都能夠心領神會。這個沉默持續了很久以後，才被一個聲音打破，那個聲音從沙子斜對面乾燥地滑過來，那個聲音顯然是不由自主，聲音說：

「兩道刀疤。」

這話有力地概括了彩蝶美容手術的失敗，所以沙子記住了這個聲音擁有者的形象。當多日以後，沙子從拘留所出來時，也是這個聲音向沙子描述了彩蝶最後幾個情形中的一個。這個聲音過去以後，很多人發出了贊同的喳喳聲。在那一片喳喳聲裡，沙子滿意地看到了自己開始歡暢起來的心情。

那個時候彩蝶確實是大吃一驚了，正如她所準備的那樣，只是期待的結果恰恰相反。所以她的沉默所持續的時間長了一點。在彩蝶的沉默裡，沙子幸災樂禍地體會到了可怕的絕望。後來彩蝶重新將紗布貼到了眼皮上，儘管她努力裝著若無其事，但在場所有的人都發現了她的兩條手臂像什麼，像是狂風裡瑟瑟搖晃的枯樹枝。接著她站了起來，她站起來以後裝腔作勢地微微一笑。隨後她以同樣的裝腔作勢說：

「還算不錯。」

但她的聲音正在枯萎。

沙子在聽到她的聲音時，恍若看到一張秋天裡的枯葉從半空裡淒涼地飄落下來。因此在那一刻裡，沙子隱約地看到了彩蝶近在眉睫的毀滅。當彩蝶將身體轉過來時，所有人都吃驚地看到那張像白紙一樣沒有生命的臉。沙子從這張臉上堅定了自己剛才的預感。那時候彩蝶又說：

「你們可以走了。」

於是他們一個一個十分堅定地朝門口走去，他們的腳步聲讓彩蝶感到他們不會再來，所以彩蝶的眼睛開始敘述起淒涼。沙子是最後一個出去的，他在出去前對彩蝶說了一句話，以此報答彩蝶對他的邀請，彩蝶聽後蒼白地一笑。沙子出門以後隨手將門關上，他用這個舉動說明他也不會再來了。然後他發現所有人都聚在走道上，他立刻理解了他們的舉止，因此他就在門口站住了腳。不一會他們共同聽到屋內響起了極為恐怖的一聲，這一聲讓他們感到彷彿有一把匕首刺入了彩蝶的心臟。第二聲接踵而至，第二聲讓他們覺得是匕首插入了她的肺中，因為這一聲有些拖拉，在拖拉裡他們聽到了一陣短促的咳嗽。然後第三聲來了，第三聲使他們一下子尚不能分辨是刺入胃中還是刺入腎裡，這一聲有些含糊。第四聲卻是十分清晰，他們馬上想像到匕首插進了肝臟，他們彷彿聽到了肝臟破裂後鮮血嘶嘶流動的聲音。緊接著第五聲出現了，第五聲讓他們覺得是刺中了子宮，這一聲很像正在分娩的孕婦在喊叫。接下去裡面的聲音鋪天蓋地而來了。他們感到匕首雜亂無章地在她身上亂扎了。他們決定走了，他們覺得有價值的器官都被刺過了，剩下的不過是些皮肉和骨骼。

現在基於這個前提，沙子重新回顧那個色彩豐富的揭紗布儀式時，覺得那裡面塞滿了幽默。儘管後來沙子不承認那個儀式的隆重，但他卻願意認為這個儀式別開生面。當他跨入這個儀式時，展現在他眼中的是五十來個美男子的各種聲音和姿態，這個儀式上作為女人的只有彩蝶。這個儀式因為沒有辦子使沙子很久以後仍然有所失望。沙子難以忘懷的是彩蝶當初如何優美地迎了上來，又如何神采飛揚地告訴他，她把全城的美男子都請來了。隨後彩蝶居高臨下地讓沙子明白，她之所以請他是看在往日的友誼上。沙子當然明白這是彩蝶的恩賜，他同時也理解彩蝶的恩賜其實是對他醜陋的嘲弄。因此當沙子離開那個房間時，他報復了彩蝶，他告訴她：

「這就是我來的目的。」

十

沙子回到家中不久，東山推開了他的屋門。因為沙子沒有料到東山的來訪，所以當東山出現時他不由失聲驚叫。沙子的驚叫使東山再一次深刻地體會到了自己面容的破爛。

那時候呈現在沙子眼中的東山這張臉，如同一張被揉皺後又馬虎拉開的紙，他看到昏暗的燈光在東山臉上起伏。雖然這張臉的深夜來訪使沙子驚慌失措，但他隨即就知道了是東山站在他的對面。當他平靜下來以後，他開始感到這張臉似曾相識，於是東山在那個早晨敲開他房門時的情景便栩栩如生了。那個時候東山也像現在這樣站在他對面，沙子在那時就透過東山紅彤彤的神色看到了灰暗的災難。現在這災難不再抽象，而是十分具體地擺在沙子的視線中。然而沙子卻無法透過這破碎的形象回歸到昔日紅彤彤的神采。他在這張臉上看到的依舊是灰暗的災難，因此沙子隱約感到東山大難之後仍然劫數未盡。

東山並沒有如沙子想像的那樣在床上坐下來，他的神態說明他似乎要站到離開為止。

儘管他的臉經歷了毀滅，表情已經蕩然無存，但是他的眼睛卻強烈地表達了他此刻的心情。沙子似乎是通過兩個小孔才看到他的眼睛，所以東山的眼睛並不讓他感到近在咫尺，於是他也就無法體會到東山此刻心中的痛苦。這個痛苦現在由東山用嘴傳達了。

他告訴沙子他已被露珠拋棄。

為了向沙子做出證明，東山從口袋裡拿出了兩張撲克牌。沙子接過來所看到的是紅桃Q和黑桃Q，他顯然無法領會其中的含意。於是東山就要求他看一下反面。沙子翻過撲克牌以後，兩個裸體美女的媚笑迎面而來。但是沙子沒有興趣，他臉上露出了遺憾的微笑，他對東山說：

「可惜她們沒有辮子。」

「這並不重要。」

東山伸出一個手指說，東山自然無法像森林那樣能夠理解沙子對辮子的激情。他現在需要沙子證實一下她們是誰。

沙子仔細看了以後的回答使東山大失所望，沙子說：

「有點像彩蝶。」

於是東山告訴沙子，他之所以展示這兩張撲克是因為它們與露珠有關。那個時候沙子看到東山毀壞的臉上出現了一把匕首的陰影，這個先兆使他不寒而慄。但是他隨即便釋然地發現這個陰影並沒有針對他，因為東山已經直截了當地告訴他：

「她們就是露珠。」

東山明確地指出以後，沙子便不再吭聲。雖然他把所有的想像力全都鼓動出來，但他還是無法找出露珠與這兩個裸女有一絲形象上的近似。沙子沒有把這種想法告訴東山，他這樣做是因為他十分明白即便說了也是沒有作用。沙子感到露珠不僅毀壞了東山的面容，而且還毀壞了東山的眼睛。他感到此刻懸掛在東山臉上的匕首般陰影，似乎在預告著露珠將自食其果，同時他又證實了剛才的預兆，那就是東山大難之後仍然劫數未盡。

十一

可以說當露珠把那一小瓶硝酸朝東山臉上潑去時，她沒法料到自己的災難也開始了。十天以後，東山從醫院回到自己家中，他的臉仍被紗布圍困著。露珠以當初東山撲到她窗口的激情迎了上去，她笨重的身體撲過去時竟然像一隻麻雀一樣靈巧。那個時候呈現在東山眼中的露珠光彩奪目，她撲過來的叫聲使他感到熱氣騰騰。然而所有這一切都轉瞬即逝，東山的熱情還沒有完全燃燒就已經熄滅。迎接露珠的是兩道悲哀的目光。正是在這一刻，東山最初預感到了拋棄，就像當初露珠在他臉上所看到的朝三暮四，他現在在露珠臉上看到了。

在此後的日子裡，東山的心裡長出了一口陰暗的枯井，他感到自己像是逃避光亮一樣坐入了井中。他在那裡反覆思考，這思考帶來的全部後果便是露珠正在遠去。那時候他的視野被一片荒漠所占有，他看著露珠在荒漠之中如何消失。那肥大的屁股像一輛馬車一樣搖搖晃晃，消失時東山彷彿看到他記憶裡飄揚的鮮豔內褲猝然倒下。倒下後便什麼也沒有了，就是一絲灰塵也沒有揚起。東山的思考來到這裡之後並沒有終止，而是繼續前行。那時候他的目光則朝另一個方向飄去，他的目光穿越了所有過來的日子，停留在他們的婚禮上。然後又從婚禮上移開進入了那間屋子，是從那扇半掩的門上滑進去的。於是他看到露珠在床上翩翩起舞，露珠在那一刻揮舞出來的動作再一次重現了。東山在露珠的動作裡看到了一種訓練有素的姿態。這個發現使東山終於明白了他們婚姻的實質。東山感到露珠對他的拋棄已經由來已久，在尚未得到她時，他已經被她拋棄。因此東山領悟到了那些日子來晃動在他眼前的露珠其實只是一個軀殼，露珠的靈魂從來就沒有進門過一次。那軀殼也不過是在他床上寄存一下，現在就是這軀殼也要被取回了。東山對這個即將來到的事實無力阻止，因為他明確地知道露珠已經付清了軀殼的寄存費，那就是他每一次在這軀殼上所得到的美妙樂趣。

命運在讓東山的眼睛變形之後，並沒有對露珠丟開不管，它使露珠的眼睛裡始終出現了一層網狀的霧瘴。這霧瘴曾經遮擋了東山的眼睛很久。因此露珠無法看到籠罩在東山頭頂的灰暗。東山終日坐在牆角的孤獨神態使她錯誤地理解為是對昔日面容的追懷。由於她歪曲了東山心中快速生長的嫉恨，所以她命中注定的災難也就與日漸近。那個時候露珠顯然心安理得，她已經毀滅了被東山拋棄的可能。她現在開始調動起全部的智慧，這些智慧的用處是今後生活的樂趣。今後的生活她將和東山共同承擔，而換來的樂趣兩人將平分秋色。露珠是在這種心情下解開了圍困著東山面容的紗布，當東山支離破碎的面容解放出來時，露珠不由心滿意足，因為東山此刻的面容正是她想像中的。然而東山從鏡中看到自己的形象時，他立刻明白了露珠為何要取走她的軀殼，答案就在這張毀壞的臉上。如果這張臉如過去一樣完好無損，東山感到露珠也許不會匆忙取走她的軀殼，也許會永久地寄存在他這裡。現在該發生的已經無法避免。

東山在取下紗布的這天夜晚來到了屋外，他是在一種盲目的欲念驅使下走到屋外來的。他自然無法知道這盲目的欲念其實代表了命運的意志。命運在他做出選擇之前就已經為他安排好了一切，他只能在命運指定的軌道裡行走。不久之後他已經站在了廣佛家的門前，雖然房屋裡一片漆黑，他還是舉起手來敲門。他並不感到自己敲門的動作強烈，但門框上的灰塵紛紛揚揚瀰漫開來。那個時候旁邊裂開了一條縫，一個孩子的腦袋探了出來，於是他和孩子之間就發生了一段簡單的對話，對話的結果讓他知道廣佛已經死了。廣佛已經死去的消息使他產生了隔世之感，當他轉身走下樓去時，他聽到自己的腳步聲十分陌生。他就這樣離開了廣佛家。但是命運安排他出來並不只是讓他得知這個消息，廣佛不過是命運安排的一個轉折，同時也是一個暗示。接下去出現的那個人才是命運的目的所在。東山現在已經走到了這裡。那個時候一個陌生人攔住了東山的去路，那人從口袋裡掏出了兩張裸體撲克牌向東山展示。借著路燈的光線，東山看到了裸體的露珠。這兩張撲克正是此後向沙子出示的那兩張。

十二

森林從拘留所出來以後，發現沙子仍然逍遙法外，他不禁有些失望。這個失望使他明顯地看到他們之間的距離依然存在。他在這天早晨再次用小拇指敲開了沙子的屋門。儘管他敲門時很執著，但他更希望沙子不在裡面，而在拘留所的某一間小屋內。同樣，森林的出來也使沙子感到不那麼愉快，他以為森林在裡面應該待得更久一些。然而森林彷彿看穿了沙子的心思，他頗為得意地說：

「我前天就出來了。」

森林在沙子床上坐下以後，他用手頗為神祕地指著放在他腳旁的黑色旅行包。他預言沙子無法猜出其中的含意，他說：

「雖然你很聰明。」

但是沙子提醒他：

「我從來不把自己的智慧消耗在一些無聊的小事上。」

「這我知道。」

森林揮了揮手。他告訴沙子在這點上他們有著共同之處，可是沙子卻說：

「我看不出來。」

於是森林拉開了那個黑色旅行包，他從裡面取出了一個很大的鏡框。一段充滿感激的文字歪歪斜斜地呈現在沙子眼中，彷彿每個字都喝醉了。當證實沙子已經看清後，森林才將鏡框重新放回旅行包中。沙子這時說：

「這種鏡框可以在好幾家商店買到。」

「問題不在這裡。」

森林又揮了揮手，他用那種沙子的腔調說。然後他十分嚴肅地告訴沙子他妻子服老鼠藥自殺的過程。沙子聽後馬上讓森林明白，那個過程他更清楚。森林卻並不驚訝，他告訴沙子：

「但是她沒死。」

這個消息顯然使沙子沒法料到。森林一眼看出了沙子此刻的迷惑。他不禁微微一笑。隨後他向沙子指明，這個鏡框就是送給生產那包老鼠藥的廠家。他說：

「世界上難道還有更優秀的製藥廠嗎？」

以致他妻子吃下整整一碗後居然還活著，所以：

「僅僅寫封感謝信是不夠的。」

這就是他為何不遠千里專程送鏡框去的原因所在。

沙子聽完之後同意這不是一樁無聊的小事，沙子的同意無疑使森林十分喜悅。但是沙子隨後尖銳地指出他現在已經從復仇者墮落為感恩者了。

森林聽後輕輕一笑，然後他從口袋裡拿出了一把小刀。他告訴沙子儘管這已不是上次出示的那把小刀，但它們一樣鋒利。接著他得意地讓沙子明白，這把小刀不再像他的剪刀一樣留戀於城內，這把小刀將殺向城外一千里的地方。因此不久之後沙子就會羞愧地發現自己的剪刀已經黯然失色。那時候他會來告訴沙子，這把小刀已經比他的剪刀：

「更為有力了。」

沙子卻是輕蔑一笑，他指出森林的誇誇其談是多麼蒼白無力後，他告訴森林，他的剪刀在剪完城裡所有的辮子後自然會走向城外。但在此之前，他的剪刀絕不會像森林的小刀一樣好大喜功。森林的小刀不過割破了二十條褲子，二十這個數字太簡單了，他提醒森林：

「就是嬰兒也能說出更複雜一點的數字。」

沙子的回答無疑給了森林以重重一擊，使森林看到了自己的羞愧。森林悲傷地低下了頭，悄悄地將那把小刀收起。沙子在看到自己的勝利之後，並不打算乘勝追擊。相反他十分大度地肯定了森林準備殺向城外的想法是可取的。他認為森林的這個想法，又一次使他感到他們的友誼朝前跨出了一大步。說完他向森林伸出了友誼之手。

兩個人長久而有力地握手之後，來到了屋外，如同上次一樣來到了屋外。不同的是現在是早晨，而上次是夜晚，現在他們去的地方是火車站，上次則是那條小河。但是心情是一樣的。同樣，不幸也正在前面等待著他們其中的一人。

那個早晨他們沒有遇到東山，在他們走入車站候車室時，東山剛剛通過檢票的進口走向一列綠顏色的列車。如果他們早一分鐘到，他們就會遇到東山。他們走入候車室後，在東山剛才坐過的地方坐了下來。但是他們遇到了彩蝶。他們是在那條大街的轉彎處遇到彩蝶的。那個時候彩蝶的眼皮上仍然有著兩塊小小的紗布，她嘴角掛著迷人的微笑向他們走來，然後她卻如同沒有看到一樣與他們擦身而過。在彩蝶異樣的神色裡，森林似乎看到了什麼，可他一時又回想不起來。所以森林開始愁眉苦臉，森林的愁眉苦臉一直繼續到車站的候車室。那時候他的臉才豁然開朗，他告訴沙子他剛才在彩蝶臉上看到了什麼，他說：

「廣佛臨終時的神色。」

這時候有幾個民警出現在他們面前，民警在證實了誰是沙子後，就把沙子帶走了。時隔多日以後，沙子回想起在自己被帶走的那一刻，森林臉上怎樣流淌出得意的神采時，他才領悟到自己是在什麼時候被森林出賣的。對於森林來說，沙子的倒楣使他遠行的路途踏實了，他終於能夠親眼看到沙子也難逃劫數。

十三

那天晚上東山離開以後，沙子並沒有立刻睡去。那時候有一條狗從他窗下經過，狗經過時汪汪叫了兩聲。狗叫聲和月光一起穿過窗玻璃來到了他床上，那種叫聲在沙子聽來如同一個女人的慘叫。在此後的一片寂靜裡，沙子準確地預感到露珠大難臨頭了。

那時候東山來到街上時，街上已經寂靜無人，幾只路燈的燈光晃晃悠悠。這種景象顯然很合東山當初的心情。他聽著自己的腳步聲沙沙地在街上響著，這聲響使他的憤怒得到延伸。這延伸將他帶到了自己家門口。

他將鑰匙插入鎖孔轉動後出現了咔嚓一聲，他進屋後猛地關上門，門發出了砰的一聲劇響。這兩種聲音顯然代表了他當初的心情。儘管他還沒法知道自己接下去會幹些什麼，但在意識深處他彷彿覺得這兩種聲響來自於露珠的軀殼，於是他激動地戰慄了一下。

那個時候他在漆黑中聽到了露珠的鼾聲，這充滿情欲的聲音此刻已經失去魅力。那鼾聲就像一道光亮一樣，指引著東山的嫉恨來到這間小屋。那時東山聽到露珠翻身時床嘎吱嘎吱響了一陣。床的響聲和剛才那兩聲一樣硬朗，東山在聽到這強硬的聲響時，又激動地戰慄了一下。

他在漆黑裡站了片刻，然後他伸手拉開了裝在門框上的電燈開關，隨著啪的一聲一片光亮突然展現。他看到露珠側身睡在床上，露珠的模樣像是一件巨大的瓷器。燈光呈現時，捲在露珠身上的被子發出閃閃綠光。東山走了過去。那個時候露珠睡眼矇矓地醒來了，她發現東山時顯示了無比的喜悅，這種喜悅她用目光來傳達。可是東山所看到的卻是那種只有蕩婦才具有的野獸般目光。正是這喜悅的目光把露珠送進了災難的手中。在那一刻裡，東山開始明確了自己該幹些什麼。他十分粗暴地掀開了蓋在露珠身上的被子。這個動作無可非議地暗示了災難即將來到，可是露珠的眼睛卻沒有看到，就像她一直沒有看清東山近日來的內心一樣。所以當東山掀開被子時，她把這種粗暴理解為激情正在洋溢，那種激情她曾在婚禮上盡情享受過。於是她不由重溫了婚禮上的那個美妙插曲，她的臉上開始出現斑斑紅點。

此刻那兩張裸體撲克在東山腦中清晰地顯示出來，它們就放在右側的口袋裡。但東山覺得沒必要拿出來重複一下，因為更生動的形象就在床上。這個時候他聽到一個聲音從自己嘴裡奔出，那是他進屋後聽到的第四次強硬的聲音，那是一種比匕首還要鋒利的聲音。他要露珠去掉此刻盤踞在她身上的胸罩和短褲。露珠又一次錯誤地理解了東山，她以現在的錯誤去證實剛才的錯誤，所以她確信無疑地認為，東山的激情已經到了無法壓制即將奔瀉的時候了。因此她十分麻利地脫下了胸罩和短褲，她感到自己赤裸的軀體魅力無窮，她以為東山就要肆無忌憚了。可是東山的目光一下子變得令她莫名其妙。剛才那種鋒利的聲音又響了起來。她按照聲音指示來到了床下，她現在站在東山面前了。她感到胸部很沉重，這沉重使她得意洋洋。然而東山卻往後退去，一直退到門旁，東山的神態又一次使她莫名其妙。但她隨即便認為自己正在被一種情欲觀賞，而那種情欲從觀賞到進入將會瞬間來到。這時候她聽到東山要求她把雙手扠在腰間的聲音，於是她就將雙手扠了上去。但是她感到這樣的姿態似乎呆板，所以就自作主張地微微曲起右腿。這無疑是她所犯的所有錯誤裡最為嚴重的。右腿微微曲起後，剛好符合了東山口袋裡黑桃Q反面所展示的姿態。不久之後她又聽到東山要求她把雙手放到腦後去的聲音，她再次照辦了。那個時候她的雙腿不由自主地併攏到一起。這一次的姿態符合了紅桃Q反面所展示的。到這時露珠顯然已經看到東山眼中可怕的目光，可是她忽視了。她不僅忽視而且還賣弄風騷地扭動了一下。於是東山那張破爛的臉像是要燃燒似的扭曲了。這時露珠似乎聽到了一種奇怪的聲音，她看到東山朝自己走了過來，於是那聲音也就越來越清晰。當她看到東山隨手拿起一只菸缸時，她終於聽清了那是父親咳嗽般的笑聲，這笑聲的突然來到使她大吃一驚，這時那個菸缸已經奔她前額而來了，她看到菸缸如閃電一樣劃出了一道白光，她還沒失聲驚叫，前額就已經遭到了猛烈一擊。她雙腿一軟倒了下去，腦袋後仰靠在了床沿上。

東山隨手操起菸缸向露珠頭頂砸去時，他沒有聽到菸缸打在她腦殼上的聲音，那時露珠的失聲驚叫掩蓋了這種聲音。露珠的驚叫讓東山感到是一條經過附近的狗的隨便叫聲。隨後露珠的身體像一條捲著的被子一樣掉落在地。那個時候東山才發現菸缸已經破碎，碎片掉在地上時紛紛響起剛才關門時那種「砰」的聲響，但是東山對這種過於輕微的聲音十分不滿。他現在心中的嫉恨需要更為強烈的聲響來平息。於是他操起近旁的一把凳子，猛地朝露珠頭上砸去，凳子的兩條腿斷了，剛才床的「嘎吱」聲短暫地重現。他聽到露珠窒息般地呻吟了一下，同時他看到露珠腦袋歪過去時眼皮微微跳動了一下。這情形使東山對自己極為惱火。於是他又操起了另一把凳子，可是他馬上覺得它太輕而扔在了一旁。接著他的眼睛在屋內尋找，不一會他看中了那個衣架，但是當他提起衣架時又覺得它太長而揮舞不開。然後他看到了放在牆角的台扇，台扇的風葉已經取掉。他走過去提起台扇時馬上感到它正合適。他就用台扇的底座朝露珠的腦袋劈去，他聽到了十分沉重的「咔嚓」一聲，這正是他進屋時鑰匙轉動的聲音，但現在的咔嚓聲已經擴張了幾十倍。這時露珠的腦袋像是一個被切開的西瓜一樣裂開了。東山看著裡面的腦漿和鮮血怎樣從裂口溢出，他們混合在一起如同一股膿血。燈光從裂口照進去時，東山看到了一撮頭髮像是茅草一樣生長在裡面。

十四

東山拂曉時走入了這條小巷，東山的出現，完成了老中醫多日前的預測。那時早晨已經掛在了巷口的天上，東山從那裡走了進來，走入了老中醫的視線。東山是這一天第一個走入他視線的人，在此之前有一隻懷孕的貓在巷口蹣跚地踱過。儘管東山的面容已被硝酸全盤否定，但是老中醫還是一眼認出了他，在那個綿綿陰雨之晨第一次走來的年輕人。因此此刻看著東山走來時，他的心臟和兩個肺葉喜悅地碰撞了一下。東山搖搖晃晃地走到窗下時站住了腳，然後微微仰起了臉。老中醫深刻領會了這個回首往事的姿態。接著東山的身影在下面一閃後便消失。老中醫聽到樓下那扇門「呀」地一聲，隨即是門框上的灰塵窸窣窣掉落下去的聲音，然後是幾下輕重不一的腳步。從腳步的聲響裡，老中醫精確地計算出東山進屋以後跨出了幾步，和每一步的距離。當他離開窗口準備趴到地板上那個小孔去時，他感到東山就在下面。

東山是看著露珠體內的鮮血從頭頂溢盡後才離開的，那時候他的嫉恨也流盡了。於是他感到內心空空蕩蕩。他在城裡的街道上轉悠了很久後，才決定來這裡的。那時拂曉已經開始，他顯然看到了那一片最初出現的朝霞，朝霞使他重溫了露珠的鮮血在地板上流淌的情形。現在他已經站在了老中醫的左眼珠下面。昏暗的四壁使他感到口乾舌燥。這時他聽到了從上面像灰塵一樣掉落下來的聲音：

「你來了。」

這聲音使東山感到老中醫已經等待很久了。

東山告訴他：

「我把露珠殺了，她拋棄了我……」

他聽到自己的聲音有氣無力地在屋內嗡嗡地響著。隨後他聽到頭頂上有一張舊報紙在窸窸窣窣掉下來，他聽到老中醫說：

「你把頭仰起來。」

東山把頭仰了起來，他看到樓板上布滿了蜘蛛網，但他沒看到那個小孔。

「我看不清你的臉。」

老中醫說。他的聲音因為隔著一層樓板而顯得遙遠和縹緲。隨後他指示東山：

「你向右走兩步……伸出右手……摸到電燈開關上……打亮電燈吧。」

東山打亮電燈以後，老中醫又指示他：

「你可以回到剛才的地方了。」
東山便回到剛才的地方。
「把頭仰起來。」
東山仰起頭以後，電燈的光線直奔他的眼睛而來，同時一種咳嗽般的笑聲也直奔他的眼睛而來。
「露珠幹得不錯。」
老中醫在看清了東山破爛的臉以後，顯然感到心滿意足，他告訴東山：
「你的臉像一條布滿補釘的灰短褲。」
然後東山聽到老中醫像是移動椅子似的腳步聲，接著樓上響起了一絲金屬碰撞玻璃的聲音，那聲音裡還包含著滴水聲。不久之後他聽到樓梯上那扇門傷心地「呀」了一聲，門開了。然後好像是一只玻璃瓶擱在樓梯上的遲鈍響聲，接著門又「呀」地一聲關上了。他聽到老中醫在說：

「你用舌頭舔嘴唇，說明你需要水。去拿吧，就在樓梯上。」

於是東山就沿著灰暗的樓梯走上去，那樓梯像是要塌了似的搖晃起來。在樓梯的最後一階上，東山看到了一只形狀古怪的玻璃杯。他走上去拿起了這只玻璃杯，裡面水的晃動聲使東山十分感動。他沒有觀察一下裡面水的顏色，就一口喝乾了，喝乾以後他覺得那水的味道和玻璃杯的形狀一樣，十分古怪。然後他一步一步地走下了樓梯。在他走下樓梯的時候，他聽到了老中醫不容爭辯的聲音，開始習慣了剛才那種縹緲的聲音的東山，對這堅定的聲音有些不知所措。老中醫說：

「你可以離開了。你走到巷口以後往右拐彎，走二十分鐘後你就走到了那個十字路口，這一次你應該向左走。然後你一直往前，在路上不要和任何人說話，這樣也就無人能夠認出你。你會順利地走進火車站，然後會同樣順利地買到一張車票。向南也好，向北也好，只要你能逃離這裡一千里，你就可以重新生活了。年輕人，現在你可以走了。」

十五

那天晚上，彩蝶在經歷了漫長的絕望之後，終於對自己的翌日做出了選擇。那時候她聽到對面人家的一台老式掛鐘敲了三下。鐘聲悠揚地平息了她心中的痛苦。在鐘聲裡，一座已經拆除腳手架但尚未交付使用的建築栩栩如生地出現了。她在這座虛幻的建築裡平靜地睡去了。

當她早晨起床後，她奇怪地發現自己竟然心情很好。那時候她已經坐在梳妝台前，屋外的陽光透過窗玻璃照到了鏡子上。所以她在鏡中凝視著自己的臉時，感到這張臉閃閃發亮。但她同時又似乎感到自己正被一雙陌生的眼睛凝視。然後她離開了梳妝台，走到窗前打開窗戶，屋外潮濕的空氣進來時，使窗簾輕輕地搖晃了一下。然而這個索然無味的情形卻使她不禁微微一笑。於是她又一次對自己的心情感到奇怪。但是她的奇怪並沒有得到發展，當她關上門走到屋外時，那種奇怪便被她鎖在了屋內。因此廣佛在臨終時的預告將不受阻撓地成為現實了。

彩蝶走在那條小巷之中時，她不可能知道這種心情其實是命運的陰險安排。所以當她明知自己在走向毀滅時，卻絲毫沒有膽怯之感。相反她感到心滿意足。她覺得一切憂傷都在遠去，她在走向永久的寧靜。命運在這天早晨為她製造了這樣的心情，於是也就清掃了彩蝶走向毀滅路中的所有障礙。

彩蝶在走出小巷時，她看到了生命的最後印象。她那時看到一輛破自行車斜靠在一根水泥電線桿上，陽光照在車輪上。她看到兩個車輪鏽跡斑斑，於是在那一刻裡她感到陽光也鏽跡斑斑。這個生命的最後印象，在此後的一個小時裡始終伴隨著彩蝶。

彩蝶嘴角掛著迷人的微笑走出了小巷，然後她向右拐彎了，拐彎以後她行走在人行道上。陽光為梧桐樹葉在道上製造了很多陰影，那些陰影無疑再次使彩蝶感到鏽跡斑斑。那個時候她感到身旁的馬路像是一條河流，她行走在河邊。她恍若感到有幾個人的目光在自己身上閃閃爍爍，她感到他們的目光也是鏽跡斑斑。她就這樣走過了銀行、雜貨商店、影劇院、牙防所、美髮店……如同看一下飯店裡的功能表一樣，她走了過去。然後她來到了昨晚隨著鐘聲出現的那座建築前。她一轉身就進去了，那時候掛在她嘴角的微笑仍然很迷人。她的腳開始沿著樓梯上升，她一直走到樓梯的消失。一座大廳空空蕩蕩地出現在眼前。她在大廳的窗玻璃上看到了斑斑油漆，因此她在那條巷口得到的鏽跡斑斑的印象，此刻被這些窗玻璃生動地發展了。她用筆直的角度走到了一扇敞開的窗前。她站在窗口居高臨下地看了幾眼這座小城。展現在她視野中的是高低起伏的房屋，和像蚯蚓一樣的街道，以及寄生在裡面的樹木。所有這一切最後一次讓她感到了鏽跡斑斑，於是她感到整個世界都是鏽跡斑斑。後來她就爬到了窗沿上，那個時候廣佛在審判廳裡誇誇其談的聲音也鏽跡斑斑地出現了。

時隔幾日以後，沙子坐在拘留所冰涼的水泥地上，以無法排遣的寂寞開始回想起他那天在路上遇到彩蝶的情景。那時候他的眼睛注視著那個名叫窗口的小洞，彩蝶迷人的微笑便在那裡出現了。儘管那時還沒有人告訴他彩蝶的死訊，但他已經預感到了。所以他臉上出現了心滿意足的微笑。

直到很久以後，那一天裡看到過彩蝶的人在此後回想起當初的情景時，都激動不已。那時候沙子已經從拘留所裡出來了。一個十六歲的少年眼淚汪汪地告訴沙子：

「她漂亮極了。」

曾經在彩蝶揭紗布儀式上指出「兩條刀疤」的那個男人，是在那家雜貨商店門口看到彩蝶走來的。他後來是這樣對沙子說的：

「她簡直燦爛無比。」

但是沙子的祖母，一個八十歲的老人卻並不那樣。她說是在米行那個地方看到彩蝶的。事實上她是在影劇院前看到彩蝶，那個地方作為米行是四十多年前的事。自然她沒有說看到彩蝶，她說是看到了一個妖精，並且非常堅決地斷定那是一個跳樓自殺的女人。直到後來她重溫那一幕時仍然戰戰兢兢，她告訴沙子：

「她眼睛裡放射著綠光。」

沙子肯定他祖母在影劇院前看到的那個年輕女子就是彩蝶，並不是武斷的猜想。因為與此同時他的一個遠房表妹也在那地方看到過彩蝶。他表妹在回憶那天的情景時沒有別人那麼激動，她顯得十分冷漠，她對沙子說：

「他們是在虛張聲勢。」

沙子的表妹在那天裡同樣走了彩蝶走的那條路，因為其間她在美髮店前看了一會廣告，所以當她走到那座建築前時，剛好目睹了彩蝶跳樓時的情景。

她告訴沙子彩蝶是頭朝下跳下來的，像是一只破麻袋一樣掉了下來。彩蝶的頭部首先是撞在一根水泥電線桿的頂端，那時候她聽到了一種雞蛋敲破般的聲音。然後彩蝶的身體掉在了五根電線上，那身體便左右搖晃起來，一直搖晃了很久。所以彩蝶頭上的鮮血一滴一滴掉下來時也是搖搖晃晃的。

十六

在很多日子過去以後，一個偶然的機會使東山看到了森林。東山在那個早晨按照老中醫的指示走進了一列北上的列車，他在列車上昏睡了兩天一夜，當他走下列車時感到自己被虛汗浸透了。然後又經歷了欲生不能的三天，此後他的體質才慢慢恢復過來。當他大病初癒般地重新回想起那個早晨的情景時，他才深刻地領悟到那個老中醫讓他喝下的是什麼。因為從此以後他永久地陽痿了。即便他尚能苟且活下去，他也不能以一個男人自居了。

森林出現的時候，東山正坐在一千里以外的某座小城的某一條街道旁，他重新的生活是從飢寒交迫開始的。森林從他面前走過去，森林沒有看到他。他看著森林背著一只黑色旅行包走入了車站。他並不知道森林出來的事，但現在他知道森林是要回去了。

世事如煙

第一章

一

窗外滴著春天最初的眼淚，7臥床不起已經幾日了。他是在兒子五歲生日時病倒的，起先尚能走著去看中醫，此後就只能由妻子攙扶，再此後便終日臥床。眼看著7一天比一天憔悴下去，作為妻子的心中出現了一張像白紙一樣的臉，和五根像白色粉筆一樣的手指。算命先生的形象坐落在幾條貫穿起來後出現的街道的一隅，在那充滿陰影的屋子裡，算命先生的頭髮散發著綠色的熒熒之光。在這一刻裡，她第一次感到應該將丈夫從那幾個精神飽滿的中醫手中取回，然後去交給蒼白的算命先生。她望著窗玻璃上呈爆炸狀流動的水珠，水珠的形態令她感到窗玻璃正在四分五裂。這不吉的景物似乎是在暗示著7的命運結局。所以兒子站在窗下的頭顱在她眼中恍若一片烏雲。

在病倒的那天晚上，7清晰地聽到了隔壁4的夢語，4是一個十六歲的女孩，她的夢語如一陣陣從江面上吹過的風。隨著7病情的日趨嚴重，4的夢語也日趨強烈起來。因此黑夜降臨後4的夢語，使7的內心感到十分溫暖。然而六十多歲的3卻使7躁動不安。7一病不起以後，無眠之夜來臨了。他在聆聽4如風吹皺水面般夢語的同時，他無法拒絕3與她孫兒同床共臥的古怪之聲。3的孫兒已是一個十七歲的粗壯男子了，可依舊與他祖母同床。他可以想像出祖孫二人在床上的睡態，那便是他和妻子的睡態。這個想像來源於那一系列的古怪之聲。

有一隻鳥在雨的遠處飛來，7聽到了鳥的鳴叫。鳥鳴使7感到十分空洞。然後鳥又飛走了。一條濕漉漉的街道出現在7虛幻的目光裡，恍若五歲的兒子留在袖管上一道亮晶晶的鼻涕痕跡。一個瞎子坐在一塊大石頭上，他清秀的臉上有著點點雀斑。他知道很多已經發生和正在發生的事，所以他的沉默是異常豐富的。算命先生的兒子在這條街上走過，他像一根竹竿一樣走過了瞎子的身旁，一個灰衣女人的身影局部地出現在某一扇玻璃窗上，司機駕駛著一輛藍顏色的卡車從那裡疾馳而過，濺起的泥漿撲向那扇玻璃窗和裡面的灰衣女人。6邁著跳蚤似的腳步出現在一個胡同口，他趕著一群少女就像趕著一群鴨子。2嘴裡叼著菸走來，他不小心滑了一下，但是沒有摔倒。一個少女死了，她的屍體躺在泥土之上。一個少女瘋了，她的身體變得飄忽了。算命先生始終坐在那間昏暗的屋子裡，好像所有一切都在他意料之中。一條狹窄的江在煙霧裡流淌著涮涮的聲音，岸邊的一株桃樹正在盛開著鮮豔的粉紅色。7坐在一條小舟之中，在江面上像一片枯葉似的漂浮，他聽到江水裡有弦樂之聲。

這時候7的妻子聽到接生婆和4的父親的對話，對話中間有著滴滴答答的水聲。她轉過身來注視著7，發現他的兩隻眼睛如同灌滿泥漿，沒有一絲光澤。然而他的兩隻耳朵卻精神抖擻地聳在那裡，她看到7的耳朵十分隱蔽地跳動著。

怕是鬼魂附身了。接生婆說。

我也這麼擔心。4的父親對女兒的夢語表現得憂心忡忡。

去找找算命先生吧。接生婆建議。

二

司機在這天早晨醒來時十分疲倦，這種疲倦使他感到渾身潮濕。深夜在他枕邊產生的那個夢，現在籠罩著他的情緒。他躺在床上聽著母親和4的父親的對話，他們的聲音往來於雨中，所以在司機聽來那聲音拖著一串串滴滴答答的響聲。他們是在談論著算命先生，已年近九十的算命先生為何長壽。算命先生的五個子女已經死去四個，子女的早歿，做父母的必將長壽。他們的對話使司機覺得心裡有一塊泥土。司機眼前彷彿出現了算命先生第五個兒子的形象，那個五十多歲仍然獨身的瘦長男子，心事重重地走在街道上，他拖著一條像是竹竿一樣的影子。母親走進屋來了，她走到兒子臥室的門口，朝他看了一下。作為接生婆的母親有時也能釋夢。但司機並沒有立即將這個夢告訴她。他是在起床以後，而且又吃了早餐，然後才鄭重其事地將夢向母親敘述。

那時候母親十分安詳地坐在遠離窗戶的一把椅子裡，因此她的身上沒有那類誇張的光亮。兒子向她走來時，她臉上出現了會意的微笑。

你有什麼事要告訴我。她這樣說。

我夢見了一個灰衣女人。司機開始了他的敘述。我那時正將卡車馳到一條盤山公路上，我看到了那個灰衣女人，她沒有躲讓，我也沒有煞車，然後卡車就從她身上過去了。

接生婆感到這個夢過於複雜，她告訴兒子：

如果你夢見了狗，我會告訴你要失財了；如果你夢見了火，我會告訴你要進財了；如果你夢見了棺材，我會告訴你要升官了。

但是這個夢使接生婆感到為難，因為在這個夢裡缺乏她所需要的那種有明確暗示的景與物。儘管她再三希望兒子能夠提供這些東西。可是司機告訴她除了他已經說過的，別的什麼也沒有。所以接生婆只好坦率地承認自己無力破釋此夢。但她還是明顯地感到了這個夢裡有一種先兆。她對兒子說：

去問問算命先生吧。

三

司機隨母親走出了家門，兩把黑傘在雨中舒展開來。瘦小的母親走在前面，使兒子心裡湧上一股憐憫之意。這時候4出現在門口，她似乎已經知道自己每晚夢語不止，而且還知道這夢語給院中所有人家都籠罩上了什麼，所以她臉上的神色與她那黑色長褲一樣陰沉，然而她卻背著一只鮮豔的紅色書包。司機覺得她異常美麗。但是3的孫兒的目光破壞了司機對她的注視，儘管司機知道他的目光並不意味著什麼，可是司機無法忍受他的目光對自己的搜查。司機想起了他與他祖母那一層神祕的關係，司機的目光從4臉上匆忙移開以後，又從7的窗戶上飄過，他隱約看到7的妻子坐在床沿上的一團黑影。然後司機走到了院外。他聽到4在身後的腳步聲，在那清脆的聲音裡，司機感到走在前面的母親的腳步就顯得遲鈍了。

瞎子坐到那條濕漉漉的街道上，綿綿陰雨使他和那條街道一樣濕漉漉。二十多年前，他被遺棄在一個名叫半路的地方，二十多年後，他坐在了這裡。就在近旁有一所中學，瞎子坐到這裡來是因為能夠聽到那些女中學生動人的聲音，她們的聲音使他感到心中有一股泉水在流淌。瞎子住在城南的一所養老院裡，他和一個傻子一個酒鬼住在一起，酒鬼將午輕時的放蕩經歷全部告訴了瞎子，他告訴他手觸摸在女人肌膚上的感覺。就像手放在麵粉上的感覺一樣。後來，瞎子就坐到這裡來了。但起先瞎子並不是每日都來這裡，只是有一日他聽到了4的聲音以後，他才日日坐到了這裡。那似乎已是很久以前的事了，那時候有好幾個女學生的聲音從他身旁經過，他在那裡面第一次聽到4的聲音。4只是十分平常地說了一句很短的話，但是她的聲音卻像一股風一樣吹入了瞎子的內心，那聲音像水果一樣甘美，向瞎子飄來時彷彿滴下了幾顆水珠。4的突出的聲音在瞎子的心上留下了一道很難消失的瘢痕。瞎子便日日坐到這裡來了，瞎子每次聽到4的聲音時都將顫抖不已。可是最近一些日子瞎子不再聽到4的聲音了。司機和接生婆從他身旁經過時，他聽到了雨鞋踩進水中水珠四濺的聲音，根據雨鞋的聲響，他準確地判斷出他們走去的方向。可是4緊接著從他身旁走過時，他卻並不知道在這個人的嗓子裡有著他日夜期待的聲音。

司機是第一次來到算命先生的住所，他收起雨傘，像母親那樣擱在地上。然後他們通過長長的走道，走入了算命先生的小屋。首先進入司機視線的是五隻凶狠的公雞，然後司機看到了一個灰衣女人的背影。那女人現在站起來並且轉身朝他走來，這使司機不由一怔。灰衣女人迅速地從他身旁經過，深夜的那個夢此刻清晰地再現了。他奇怪母親竟然對剛才這一幕毫不在意。他聽到母親將那個夢告訴了算命先生。算命先生並不立即做出回答，他向接生婆要了司機的生辰八字，經過一番喃喃低語後，算命先生告訴接生婆：

你兒子現在一隻腳還在生處，另一隻腳卻踩進死裡了。

司機聽到母親問：

怎樣才能抽出那隻腳？

無法抽回了。算命先生回答。但是可以防止另一隻腳也踩進死裡。

算命先生說：在路上凡遇上身穿灰衣的女人，都要立刻將卡車停下來。

司機看到母親的右手插入了口袋，然後取出一元錢遞了過去，放在算命先生的手裡。

他看到算命先生的手像是肌肉皮膚消失以後剩下的白骨。

四

司機夢境中的灰衣女人，在算命先生住所出現的兩日後再次出現。

那時候司機駕駛著藍顏色的卡車在盤山公路上，是臨近黃昏的時候。他通過敞開的車窗玻璃，居高臨下地看著這座小城。小城如同一堆破碎的磚瓦堆在那裡。

灰衣女人是這個時候出現的，她沿著公路往下走去，山上的風使她的衣服改變了原有的形狀。

因為陰天的緣故，司機沒有一下子辨認出她身上衣服的顏色。雖然很遠他就發現了她，但是那件衣服彷彿是藏青色的，所以他沒有引起警惕。直到卡車接近灰衣女人時，司機才驀然醒悟，當他踩住煞車時，卡車已經超過了灰衣女人。

然而當司機跳下卡車時，灰衣女人從卡車的右側飄然出現，司機感到一切都沒有發生。同時他一眼認出眼前這個灰衣女人，正是兩日前在算命先生處所遇到的。儘管風將她的頭髮吹得很亂，但卻沒有吹散她臉上陰沉的神色，她朝司機迎面走來，使司機感到自己似乎正置身於算命先生的小屋之中。

司機伸出雙手攔住她，他告訴她，他願意出二十元錢買下她身上的灰色上衣。

司機的舉動使她感到奇怪，所以她怔怔地看了他很久。然而當司機遞過來二十元錢時，她還是脫下了最多只值五元的灰色上衣。灰衣女人脫下上衣以後，裡面一件黑色的毛衣就暴露無遺了。

司機接過衣服時感到衣服十分冰冷，恍若是從死人身上剛剛剝下。這個感覺使他的某種預兆得以證實。他將衣服鋪在卡車右側的前輪下面，然後上車發動了汽車，他看了一眼此刻站在路旁的女人，她正疑惑地望著他。卡車車輪就從衣服上面輾轉了過去。女人一閃消失了。但司機又立刻在反光鏡中找到了她，她在反光鏡中的形象顯得很肥胖，她的形象越來越小，最後沒有了。然而直到卡車馳入小城時，司機仍然沒能在腦中擺脫她——她穿著那件灰色上衣在公路上有點飄動似的走著。但是司機已經心安理得，那件灰色上衣已經替他承受了災難。

第二章

一

6在那個陰雨之晨，依然像往常那樣起床很早，他要去江邊釣魚。還在他第一個女兒出生時，他就有了這個習慣，他妻子為他生下第七個女兒後便魂歸西天。他很難忘記妻子在臨死前臉上的神色，那神色裡有著明顯的妒嫉。多年之後，他的七個女兒已經不再成為累贅，已經變為財富。這時候他再回想妻子臨死時的神態時，似乎有所領悟了。他以每個三千元的代價將前面六個女兒賣到了天南海北。賣出去的女兒中只有三女兒曾來過一封信，那是一封訴說苦難和懷念以往的信，信的末尾她這樣寫道：看來我不會活得太久了。

6十分吃力地讀完了這封信，然後就十分隨便地將信往桌子上一扔。後來這封信就消失了。6也沒有去尋找，他在讀完信的同時，就將此信徹底遺忘。事實上那封信一直被6

的第七個女兒收藏著。

在6起床的時候，他女兒也醒了。這個才十六歲的少女近來噩夢纏身，一個身穿羊皮茄克的男子屢屢在她夢中出現，那個男子總是張牙舞爪地向她走來，當他抓住她的手時，她感到無力反抗。這個身穿羊皮茄克的男子，她在現實裡見到過六次，每次他離開時，她便有一個姊姊從此消失。如今他屢屢出現在她的夢中，一種不祥的預兆便籠罩了她。顯然她從三姊的信中看到了自己的以後，而且這個以後正一日近似一日地來到她身旁。在那以後的歲月裡，她看到自己被那個羊皮茄克拖著行走在一片茫茫之中。

她聽到父親起床時踢倒了一只凳子，然後父親拖著膠鞋叭噠叭噠地走出了臥室，她知道他正走向那扇門，門角落裡放著他的魚竿。他咳嗽著走出了家門，那聲音像是一場陣雨。咳嗽聲在漸漸遠去，然而咳嗽聲遠去以後並沒有在她耳邊消失。

6來到戶外時，天色依舊漆黑一片，街上只有幾只昏暗的路燈，濛濛細雨從淺青色的燈光裡瀟瀟飄落，彷彿是很多螢火蟲在傾瀉下來。他來到江邊時，江水在黑色裡流動泛出了點點光亮，濛濛細雨使他感到四周都在一片煙霧籠罩下。借著街道那邊隱約飄來的亮光，他發現江岸上已經坐著兩個垂釣的人。那兩人緊挨在一起，看去如同是連結在一起。他心裡感到很奇怪，竟然還有人比他更早來這裡。然後他就在往常坐的那塊石頭上坐了下來，這時候他感到身上正在一陣陣發冷，彷彿從那兩個人身上正升起一股冰冷的風向他吹來。他將魚鉤摔入江中以後，就側過臉去打量那兩個人。他發現他們總是不一會工夫就同時從江水裡釣上來兩條魚，而且竟然是無聲無息，沒有魚的掙扎聲也沒有江水的破裂聲。接下去他發現他們又總是同時將釣上來的魚吃下去。他看到他們的手伸出去抓住了魚，然後放到了嘴邊。魚的鱗片在黑暗裡閃爍著微弱的亮光，他看著他們怎樣迅速地把那些亮光吃下去。同樣也是無聲無息。這情形一直持續了很久。後來天色微微亮起來，於是他看清了那兩人手中的魚竿沒有魚鉤和魚浮，也沒有線，不過是兩根長長的、類似竹竿的東西。接著他又看清了那兩個人沒有腿，所以他們並不是坐在江岸上，而是站在那裡。他們的臉無法看清，他似乎感到他們臉的正面與反面並無多大區別。這個時候他聽到了遠處有一隻公雞啼叫的聲音，聲音來到時，6看到那兩人一齊跳入了江中，江水四濺開來，卻沒有多大聲響。此後一切如同以往。

二

灰衣女人這天一早去見算命先生，是因為她女兒婚後五年仍不懷孕。於是她懷疑女兒的生辰八字是否與女婿的有所衝突。這種想法她在心裡已經埋藏很久了，直到這一日她才決定去請教算命先生。所以天一亮她就出門了。她在胡同口遇到了6，那時6從江邊回來。她從6的眼睛裡恍恍惚惚地看到了一種粉紅色。6從她身邊走過時，她感到自己的衣服微微掀動了一下，她不由回頭看了他一眼，6的背影使她心裡產生了沉重之感。這種感覺在她行走時似乎加重了。陰沉的雨天使她的呼吸像是屋簷的滴水一樣緩慢。不久之後，瞎子出現在她的面前，瞎子是坐在算命先生居住處的街口。那時候有一群上學的女孩子從這裡經過，她們像一群麻雀一樣喳喳叫著，她們的聲音在這雨天裡顯得鮮豔無比。灰衣女人看到瞎子此刻的臉上有一種不可思議的緊張。在她的記憶深處，瞎子已經坐在了這裡，但她無法判斷瞎子端坐在此已有多少時日，只是依稀感到已經很久遠。

在走入算命先生住所時，一個瘦長的男子迎面而來，她不用側身，此人便順利地通過了狹窄的門。她一眼認出這個五十來歲的男子正是算命先生最小的兒子。她又回頭望去，那男子瘦長的身體在街上行走時似乎更像是一個影子。

然後她才來到了算命先生的小屋，年近九十的算命先生似乎已經知道了她的來意，他那張慘白的臉上露出的笑意使她感到了這一點。這時那五隻公雞突然凶狠地啼叫了起來，公雞的啼叫聲十分尖利。公雞和剛才門口所遇的瘦子聯繫起來以後，使灰衣女人想起了很多有關算命先生的傳說。

灰衣女人將自己的來意如實告訴了算命先生，她聽到自己的聲音在小屋裡回響時十分沉悶。

算命先生在掌握灰衣女人的女兒與女婿的生辰八字以後，明確告訴她，他們是天生的一對，在命上不存在任何衝突。

可是已經五年了。灰衣女人提醒他。

算命先生對此表示愛莫能助，但他還是指點了灰衣女人，讓她將此事去拜託城外那座寺廟裡的送子觀音，他說也許觀音會託夢給她的，讓她得知其中因由。

灰衣女人是在這時起身的，那時司機和他的母親剛剛來到，她沒有注意他們，所以也就無法知道自己已被司機深深地注意上了。

按照算命先生的指點，灰衣女人在離開以後沒有回家，直接去了城外那座在山腰上的寺廟。她在那裡磕拜了龐大的金光閃閃的送子觀音，又燒了幾炷香，然後才回到家中。整個一天她都心神不定，總算等到了天黑，於是她上床睡去。翌日凌晨醒來時，果然記憶起一夢，那夢很模糊，彷彿發生在那座寺廟裡。送子觀音在夢中的模樣不是金光閃閃，似乎很灰暗，那座寺廟讓她感到很空洞，送子觀音那懸掛笑容的嘴沒有動，但她聽到一個寬闊的聲音在飄落下來：能否生育要問街上人。灰衣女人是在這個時候醒來的，她完整地回想出了這個夢，所以她立刻起床，沒有梳妝就來到了胡同外的街上。

那時候天還沒有明亮，只是東方有一片紅色正逗留在某一個山頂上，很像是嘴唇，街上已經有隱隱約約的腳步聲了，但她沒有看到人。很久以後，三個挑擔的男子在模糊中朝她走來，她便迎了上去。因為擔子的沉重，還在遠處她就聽到了扁擔嘎吱嘎吱的聲響。她走到近前，看到第一個擔子裡是蘋果，第二個擔子是香蕉，第三個擔子卻是桔子。她覺得只有桔子才會有籽，因此就走到了第三個男子面前，那是一個三十來歲的壯實漢子，在他寬闊的臉上有汗珠在流動。然後他們之間發生了一次對話。

灰衣女人問：賣不賣？

男子回答：賣。

是有籽的吧？她問。

無籽。男子說。

這個回答使灰衣女人驀然一怔，良久之後，她才在心裡對自己說，看來是天絕女兒了。於是灰衣女人算是明白了女兒婚後五年不孕的因由所在。

三

灰衣女人在得到無籽蜜桔的暗示以後，經歷了兩個白天一個夜晚的深深失望。然而當第二個夜晚來臨前，她心裡又死灰復燃。因此她再次去了城外的那座寺廟，她在離開寺廟走在下山的公路上時，她遇到了司機。司機的古怪行為使她疑惑不解。儘管如此，她還是脫下外衣給了他。然而在接過那二十元錢時，她手上產生了虛假的感覺。但是通過眼睛的判斷，她就對這二十元錢確信無疑了。然後她看著司機彎下腰將她的衣服墊在車輪下，又看著他上車開動汽車。那時司機望了她一眼，司機的目光很刺人。汽車發出一陣沉悶的聲響以後就馳走了。卡車沒有揚起什麼灰塵，卡車馳走時顯得很乾淨。然後她才低下頭去看自己的外衣，外衣趴在地上，上面有車輪輾過的痕跡。外衣的模樣很可憐，彷彿已經死去。她走上幾步撿起了它，仍然是先前的那件外衣。似乎剛才的一切都沒有發生，似乎是她剛從床上坐起來，從旁邊的凳子上拿過外衣。她就這樣又重新穿在了身上，接著繼續往前走。那時卡車已經駛下盤山公路了，就要進入小城。她在山上看著卡車，覺得它很像一隻昨天爬在她腿上的褐色小蟲。

不久之後她也走入了小城，那時候街上行人寥寥，她的內心也冷冷清清。在走入第一條街道時，她看到那些低矮的房屋上的煙囪大多飄起了縷縷炊煙，她感到自己的身體有點像煙一樣飄渺。雖然雨從昨天就停了，可陰沉的天色，讓她覺得隨時都會有一場雨再次到來。

她在回到家中之前，最後一次看到的人是6的女兒。那時候她已經走入了通往家中的胡同，她是在經過6的窗下時看到的。6的女兒就站在窗前，正望著窗外胡同的牆壁發怔，在牆壁上有幾株從磚縫裡生長出來的小草在搖晃。灰衣女人透過窗玻璃看到這位少女時，心裡不由哆嗦了一下。她無端地感到這個少女的臉上有一種死亡般的氣息在蔓延。這個感覺使灰衣女人驀然驚愕，因為她馬上發現這其實是詛咒。對於剛剛求過觀音的人來說，詛咒顯然很危險，詛咒將意味著她剛才的努力不過是空空一場。這時灰衣女人已經走到自己家門口了，她聽到屋內女兒在咬甘蔗，聲音很脆也很甜。

四

6在那天凌晨的奇怪經歷，在此後的兩個凌晨裡繼續出現。但是他並沒有當回事，他依舊坐在自己往常坐的地方，與那兩個無腳的人只有一箭之隔，他好幾次試圖和他們說話，可是他們的沉默使他不知所措。他們的動作與他第一次見到時沒有兩樣。而且從那天以後，他再也沒能從江水裡釣上來一條魚。在這天凌晨，他試著走過去，可還沒有挨近他們，他們便雙雙躍入江中。正當他十分奇怪地四下張望時，他發現他們坐在另一處了，與他仍然是一箭之隔。於是他就回到原處坐下。不一會他開始感到十分困乏，慢慢地眼前一片全是江水流動時泛出的點點光亮，接著他就感到身體傾斜了，然後似乎倒了下去。接下去他就一無所知。

也是在這個早晨，天還沒有亮的時候，6那躺在床上的女兒聽到有人在叫她的名字。聲音十分輕微，恍若是從門縫裡鑽進來的風聲。她便從床上爬起來，穿上衣服走到門前，那時候聲音沒有了。她打開門以後，發現父親正躺在門外，四周沒有人影。從鼾聲上，她知道父親並沒有死去，只是睡著了。於是她就把他拉進屋內，還沒把他扶上床時，他就醒了。

6醒來時對自己的處境感到十分驚訝，因為他清晰地記起自己是到江邊去了，可是居然會在家中。他詢問女兒，女兒的回答證實他去了江邊。而女兒對剛才所發生的一切的敘述，使他心裡覺得蹊蹺。所以在天完全明亮以後，他就來到了算命先生的住所。

算命先生還沒有完全聽完，他的臉色就發生了急劇的變化。這一點6也感覺到了。當

6看到算命先生蒼白的臉上出現藍幽幽的顏色時，他開始預感到了什麼。

算命先生再次要6證實那兩個人沒有腿以後，便用手在那張布滿灰塵的桌子上塗出了一個字，隨後立刻擦去。

雖然這只是一瞬間，但6清晰地認出了這個字。他不由大驚失色。

算命先生警告他，以後不要在天黑的時候去江邊。

6膽戰心驚地回到家中以後，發現女兒正站在窗前，他沒法看到女兒臉上的神色，他只是看到一個柔弱的背影。但是這個背影沒法讓他感覺到剛才在這裡發生了什麼，所以他也就不會知道那個穿羊皮茄克的人來過了。身穿羊皮茄克的人敲門時顯然用了好幾個手指，敲門聲傳到6的女兒的耳中時顯得很複雜。當6的女兒打開房門時，她看到了自己的災難。羊皮茄克的目光注視著她時，她感到自己的眼睛就要被他的目光挖去。她告訴他6沒在家後就將門向他摔去，門關上時發出一聲巨響。但是巨響並沒有掩蓋掉她心裡的恐懼，她知道他不一會又將出現。

很久以後，在那個身穿羊皮茄克的人與父親在一間房內竊竊私語結束以後，她聽到了灰衣女人的死訊。那時候羊皮茄克已經走了，父親又回到了那間房屋。

灰衣女人在死前沒有一點跡象，只是昨天傍晚回到家中時，她似乎很疲倦，晚飯時只喝了一點魚湯，別的什麼也沒吃，然後很早就上床睡了。整個夜晚，她的子女並沒有聽到異常的聲響，只是感到她不停地翻身。往常灰衣女人起床很早，這天上午卻遲遲不起，到八點鐘時，她的女兒走到她床前，發現她嘴巴張著，裡面顯得很空洞。起先她女兒沒在意，可半小時以後第二次去看她時，發現仍是剛才的模樣，於是才注意到那張著的嘴裡沒有一絲氣息。灰衣女人的死得到了證實。後來她的子女拿起那件擱在凳子上的灰色上衣時，發現上面有一道粗粗的車輪痕跡。他們便猜測母親是否被某一輛汽車從身上壓過。如果真是這樣，那麼灰衣女人事後再安然無恙地回到家中的情形就顯得不可思議了。

第三章

一

灰衣女人的突然死去，使她兒子的婚事提前了兩個月舉辦。為了以喜沖喪，她兒子沿用了趕屍做親的習俗。

灰衣女人的遺體放在她床上，只是房中原有的一些鮮豔的東西都已撤去。床罩已經換成一塊白布，灰衣女人身穿一套黑色的棉衣棉褲躺在那裡，上面覆蓋的也是一塊白布。死者腳邊放了一只沒有圖案花紋的碗，碗中的煤油通過一根燈芯在燃燒，這是長明燈。說是去陰間的路途黑暗又寒冷，所以死者才穿上棉衣棉褲，才有長明燈照耀。靈堂就設在這裡，屋內靈旛飄飄。死者的遺像是用一寸的底片放大的，所以死者的臉如同一堵舊牆一樣斑斑駁駁。

灰衣女人以同樣的姿態躺了兩天兩夜以後，便在這一日清晨被她的兒子送去火化場。然後她為數不多的親屬也在這天清晨去了那裡。3被請去做哭喪婆。因此在這日上午，3那尖厲的哭聲像煙霧一樣繚繞了這座小城。

灰衣女人在早晨八點鐘的時候，被放進了骨灰盒。然後送葬開始了。送葬的行列在這個沒有雨也沒有太陽的上午，沿著幾條狹窄的街道慢慢行走。

瞎子那個時候已經坐在街上了。4的聲音消失了多日以後，這一日翩翩出現了。那時候那所中學發出了好幾種整齊的聲音，那幾種聲音此起彼伏，彷彿是排成幾隊朝瞎子走來。瞎子知道那裡面有4的聲音，但他卻無法從中找到它。不久之後那幾種整齊的聲音接連垂落下去，響起了幾個成年人穿插的說話聲。然後瞎子聽到了4的聲音，4顯然正站起來在念一段課文。4的聲音像一股風一樣吹在了他的臉上，他從那聲音裡聞到了一股芳草的清香。但是4的聲音時隱時現，那幾個成年人的說話聲干擾了4的聲音，使4的聲音傳到瞎子耳中時經過了一個曲折的歷程。然而一個短暫的寧靜出現了，在這個寧靜裡4的聲音單獨地來到了瞎子的耳中，那聲音彷彿水珠一樣滴入了他的聽覺。4的聲音一旦單獨出現，使瞎子體味到了其間的憂傷，恍若在一片茫茫荒野之中，4的聲音顯得孤苦伶仃。此後又出現了幾種整齊的聲音，4的聲音被淹沒了。就像是一陣狂風淹沒了一個少女坐在荒野孤墳旁的低語。隨後3的哭聲耀武揚威地來到了，那時他和送葬的行列還相隔著兩條街道。3的哭聲從無數房屋的間隙穿過，來到瞎子耳中時像是一頭發情的貓在叫喚。這哭聲越來越接近時，瞎子才從中體會到了無數雜亂的聲響，3的哭聲似乎包括了所有令人毛骨悚然的聲響。那裡面有一個孩子從樓上掉下來時的驚恐叫聲，有很多窗玻璃同時破裂的粉碎聲，有深夜狂風突然吹開屋門的巨響，有人臨終時喘息般的呻吟。

灰衣女人的骨灰在城內幾條主要街道轉了一周，使某幾個熟悉她的人彷彿看到她最後一次在城內走過。然後送葬的行列回到了她的家門。一入家門，她的兒女與親屬立刻換去喪服，穿上了新衣。喪禮在上午結束，而婚禮還要到傍晚才能開始。

二

司機也去參加了這個婚禮，他在走入這個家時沒有嗅到上午遺留下來的喪事氣息，新娘的紅色長裙已經掩蓋了上午的一切。

司機一直看著新娘，因為燈光的緣故，他發現坐在另一端的新娘，一半很鮮豔，一半卻很陰沉。因此像是胭脂一樣塗在新娘臉上的笑容，一半使他心醉心迷，另一半卻使他不寒而慄。因為始終注視著新娘，所以他毫不察覺四周正在發生些什麼。四周的聲響只是讓他偶爾感到自己正置身於擁擠的街道上，他感到自己獨自一人，誰也不曾相識。有時他將目光從新娘臉上移開，環顧四周時，各種人的各種表情瞬息萬變，但那匯聚起來的聲音卻讓他覺得是來自別處。然而他卻真實地發現整個婚禮都摻和著鮮豔和陰沉。而且這鮮豔和陰沉正在這屋子裡運動。那時候他發現一只酒瓶倒在了桌上，裡面流出的紫紅色液體在燈光下也是半明半暗。坐在司機身旁的2站了起來，2站起來時一大塊陰沉從那液體上消失了，鮮豔瞬間擴張開來，但是靠近司機胸前的那小塊陰沉依然存在，暗暗地閃爍著。2站起來是去尋找抹布，他找到了一件舊衣服。於是司機看到一件舊衣服蓋住了紫紅色的液體，衣服開始移動，衣服上有2的一隻手，2的手也是半明半暗。然後司機看出了那是一件灰色上衣，而且還隱約看到了車輪的痕跡。

司機這天沒有出車，但他還是在往常起床的時候醒了。那時他母親正在洗臉。他覺得水就像是一張沒有絲毫皺紋的白紙，母親正將這張白紙揉成一團。然後他聽到了母親的腳步聲在走出去，接著一盆水倒在了院裡。水與泥土碰撞後散成一片，它們向四周流去，使司機想起了公路延伸時的情景。隔壁的3這時也在院中出現，她將一口清水含在嘴裡咕嚕了很久，隨後才唰地一聲噴了出去。司機聽到母親在說話了，她的聲音在詢問3的舉動。

洗洗喉嚨。3回答。

誰家在服喪了？母親問。

那時3嘴裡又灌滿了水，所以她的回答在司機聽來像是一陣車輪的轉動聲。司機沒法聽清，但他知道是某一個人死了，3將被請去哭喪。3被水洗過的喉嚨似乎比剛才通暢多了，於是司機聽到母親對3嗓子的讚嘆，3回答說體力不如從前了。

司機在床上躺了很久以後才起床，他走到院裡時，看到7正坐在門前一把竹椅裡，7用灰暗的目光望著他，7的呼吸讓司機感到彷彿空氣已經不多了。7五歲的兒子正蹲在地上玩泥土，他大腦袋上黃黃的頭髮顯得很稀少。這時有人送來了一份請柬，他打開請柬一看，是很多年前相識的某一位姑娘的結婚請柬。這份請柬的出現很突然，使司機勾起了許多混亂的回憶。

三

婚禮的高潮在司機和2之間開始。那時候廚師已經離開廚房很久了，廚師也已經吃飽喝足。幾個醉漢搖搖晃晃地走到了樓梯口，還沒有下樓就趴在樓梯上睡著了。2高聲叫著要新娘給他們洗臉，於是所有的人都圍了上去。司機並沒有意識到什麼將會發生，他此刻的眼睛裡有一件灰色上衣時隱時現。然而當新娘端著一盆水走來時，那件灰色上衣便驀然消失。這時候他才感到將會發生什麼了，而且顯然與自己有關，因此此刻坐著的只有他和2。新娘將洗臉盆放到桌子上時，兩只紅色的袖管美妙地撤退了，他看到兩條纖細的手臂，手臂的膚色在燈光下閃爍著細膩滑潤的色澤。然後十個細長的手指絞起了毛巾。司機的眼睛裡沒有毛巾，他只看到十個手指正在完成一系列迷人的舞蹈，水在漂亮地往下滴，水是這個舞蹈的一部分。

先給他擦。司機聽到2這樣說。他抬起眼睛，看到2正用食指指著他，2的手指在燈光下顯得很銳利。

新娘的毛巾迎面而來，抹去了2的手指。在毛巾尚未貼到臉上時，司機先感覺到新娘的一隻手輕輕按住了他的後腦，他體會到了五個手指的迷人入侵。接著他整個臉被毛巾遮住，毛巾在他臉上揉動起來。但是司機並沒有感覺到毛巾的揉動，他感到的是很多手指在他臉上進行著溫柔的撫摸，這撫摸使他覺得自己正在昏迷過去。可是這一切轉瞬即逝，2的形象又出現了他眼中，他看到2正微笑地注視著自己。於是司機從口袋裡摸出二十元錢遞給新娘，新娘接過去放入了口袋。司機沒有觸到新娘的手指。

然後司機看著新娘給2擦臉，他感到不可思議的是新娘給2擦臉的動作為何也如此溫柔。擦完之後，他看到2拿出四十元錢放入新娘手中。接著2說：再給他擦。

這句話開始讓司機感到面臨的現實，因此當他再次看著新娘絞毛巾的手指時，剛才的美景沒有重現。新娘的毛巾在他臉上移動時，也沒有剛才令他激動的感受。擦完以後，他拿出了四十元。那時候他知道自己口袋裡已經一片空空。他想也許2不會再逼他了，但他實在沒有什麼把握。

2這次給了八十元。2沒有就此完結。他要新娘再為司機擦臉。司機這時才注意到四周聚滿了人，這些人此刻都在為2歡呼。新娘的毛巾又在他臉上移動了，這時他悄悄從手腕上取下了手錶。擦完以後，他將手錶遞給了新娘。他聽到一片哄笑聲，但是2沒有笑，

2對他說：算你的手錶值一百元吧。2說完拿出二百元放在桌上。新娘為他擦完之後，他就拿起二百元放入新娘長裙的口袋裡，同時還在新娘屁股上拍了一下。接著2指著司機對新娘說：再擦一次。

新娘這次的毛巾貼在司機臉上時，使他感到疼痛難忍，彷彿是用很硬的刷子在刷他的臉。而按住他腦後的五個手指像是生鏽的鐵釘。但是毛巾和手指消失之後，司機開始痛苦不堪。他清晰地感到了自己狼狽的處境，他聽到四周響起一片亂糟糟的聲音，那聲音真像是一場戰爭的出現。他看到坐在對面的2臉上傾瀉著得意的神采，2的臉一半鮮豔，一半陰沉。2拿出了一疊錢，對司機說：這四百元買你此刻身上的短褲。

司機聽到了一陣狂風在呼嘯，他在呼嘯聲裡坐了很久，然後才站起來離開座位朝廚房走去。走入廚房後他十分認真地將門關上，他感到那狂風的聲音減輕了很多，因此他十分滿意這間廚房。廚房裡的爐子還沒有完全熄滅，在慘白的煤球叢裡還有幾絲紅色的火光。幾只鍋子堆在一起顯得很疲倦，而一疊碗在水槽裡高高隆起。接著他看到一把菜刀，他將菜刀拿在手中，試試刀鋒，似乎很鋒利。然後他走到窗前，他看到窗外的燈光斑斑駁駁，又看到了一條陰溝一樣的街道，街上一個人在走去。隨後他往對面一座平房望去，透過一扇窗戶他看到了一個少女的形象。少女似乎穿著一件黑色上衣，少女正在洗碗，少女在洗碗時微微扭動著身體，她的嘴似乎也在扭動。他於是明白了她正在唱歌，雖然他聽不到她的歌聲，但他覺得她的歌聲一定很優美。

四

2在司機走入廚房以後也投入了那一片狂風般的笑聲中，笑聲持續了很久，然後才像一場雨一樣小了下去。2感到應該去廚房看看司機正在幹些什麼，於是他站起來朝廚房走去。他走去時感到所有人的目光在與他一同前往，他知道他們都想看看此刻司機的模樣。

他走到門前時，發現從門縫裡正在流出來幾條暗色的水流，他對這個發現產生了興趣，所以他蹲下身去，那水流開始泛出一些紅色來，但他覺得還是沒有看清，於是就伸出手指在水流裡蘸了一下，再將手指伸回到眼前，這次他確信自己看到了什麼。他站起來後感到自己不知所措，然後他轉回身準備離開這裡，可他發現他們正奇怪地望著他，他猶豫了。此後只好又轉回身去，他有點緊張地去推廚房的門，他看到自己的手伸過去時像是風中的一根樹枝。他只將門打開一條縫，根本沒有看到司機就立刻將門關上。他再次轉回身去，他想朝他們笑一下，可他的臉彷彿已經僵死過去沒法動。他聽到有人在問他：在幹什麼？他不知道自己該如何回答，他感到自己正在走過去。他又聽到有人在問：是不是在脫短褲？他不由點點頭，於是他聽到了一片像是飛機俯衝過來的笑聲。他走到自己的椅子旁稍微站了一會，隨後就朝樓梯走去。他聽到有人在問他什麼，但他沒有聽清。他已經走到樓梯口了，幾個醉漢此刻橫躺在樓梯上打呼嚕。他小心翼翼地繞過他們，一步一步走下了樓梯，然後來到了街上。

那時候街上寂靜無人，只有路燈灰色的光線在地上漂浮，一股冷風吹來彷彿穿過了他的身體。這時他聽到身後有輕微的腳步聲，那聲音像一顆顆小石子節奏分明地掉入某一口深井，顯得陰森空洞，同時中間還有一段「嗡」的聲響。他知道是司機在追出來了。他不敢回頭，只是盡量往亮處走。他感到自己每當走到路燈下時，身後的腳步聲便會立刻消失，而一來到陰暗處時，那聲音又在身後出現了，所以他一來到路燈下時便稍微站了一會，那時候他覺得身上的燈光很溫暖。隨即他又拚命地跑過一段陰暗，到另一盞路燈下。他在跑動時明顯地感到身後的聲音也加快了。他覺得他們之間始終保持著一段距離，沒有拉長也沒有縮短。

後來他看到自己的家了，那幢房屋看去如同一個很大的陰影，屋頂在目光裡流淌著陰森可怖的光線。他走到近前，一扇門和幾扇窗戶清晰地出現在眼前，這時身後的聲音驀然消失。他不由微微舒了口氣，可這時他眼前出現了一片閃閃爍爍的水，那條通往屋門的路消失了，被一片水代替。他知道司機就在這一片閃爍的水裡。他雙腿一軟，跪在了地上。他聽到自己的聲音在說：饒了我吧。那聲音在空氣裡顫抖不已。他那麼跪了很久，可眼前的一片閃爍並沒有消失。於是他再次說：饒了我吧。隨即便嗚嗚地哭了起來。他說：我不是有意要害你。但是那一片閃爍仍然存在。他便向這一片閃爍拚命地磕頭，他對司機說：你在陰間有什麼事，儘管託夢給我，我會盡力的。他磕了一陣頭再抬起眼睛時，看到了那條通往屋門的小路。

第四章

一

在司機死後一個星期，接生婆在一個沒有風但是月光燦爛的夜晚，睡在自己那張寬大的紅木床上時，見到了自己的兒子。彷彿是天還沒有亮的時候，兒子心事重重地站在她的床前，她看到兒子右側頸部有一道長長的創口，血在創口裡流動卻並不溢出。兒子告訴她他想娶媳婦了。她問他看準了沒有。他搖搖頭說沒有。她說是不是要我替你看一個。他點點頭說正是這樣。

接生婆是在這個時候聽到外面叫門的聲音的，她醒了過來。她聽到門外有人在叫著她的名字，屋外的月光通過窗玻璃傾瀉進來，她看到窗戶上的月光裡有一個人的影子在晃動。她覺得那叫門的聲音有些古怪，那聲音似乎十分遙遠，可那個人卻分明站在窗前。她從床上爬起來，穿上衣服後走過去打開房門，一個她從未見過的人站在她面前，她感到這人的臉很模糊，似乎有點看不清眼睛、鼻子和嘴巴。她問他：你是誰？

那人回答：我住在城西，我的鄰居要生了，你快去吧。

她家的男人呢？接生婆問。一個女人要生孩子了，卻是一個鄰居來報信，她感到有些奇怪。

她家沒有男人。那人說。

接生婆再次感到眼前這個人的說話聲很遙遠。但她沒怎麼在意，她答應一聲後回到房內拿了一把剪刀，然後就跟著他走了。

在路上時接生婆又一次感到很奇怪，她感到走在身旁這人的腳步聲與眾不同，那聲音很飄忽。她不由朝他的腳看了一眼，可她沒有看到。他好像沒有腿，他的身體彷彿是凌空在走著。但是她覺得自己也許是眼花了。

不久之後，很多幢低矮的房屋在眼前出現了，房屋中間種滿了松柏。接生婆走到近前時不知為何跌了一跤，但是她沒感到自己爬起來，跌下去時彷彿又在走了。她跟著這人在房屋與松柏之間繞來繞去地走了一陣後，來到一幢房門敞開的屋子前，她看到一個女人躺在一張沒有顏色的床上。她走進去後發現這個女人全身赤裸，女人的皮膚像是刮去鱗片後魚的皮。她感到這個女人與站在身旁的男人有驚人的相似之處。她的臉也很模糊，而且同樣也很難看到她的雙腿。但是接生婆的手伸過去時彷彿摸到了她的腿。接生婆開始工作了，這是她有生以來最困難的一次接生。但是那個女人竟然一聲不吭，她十分平靜地躺在那裡。接生婆的手在觸摸到女人皮膚時，沒有通常那種感覺，而似乎是觸摸到了水。那女人在接生婆手上的感覺恍若是一團水。接生婆感到自己的汗水從全身各處溢出時冰冷無比。很久之後，嬰兒才被接生出來。奇怪的是整個過程竟然沒讓接生婆看到一滴血的出現。剛剛出生的嬰兒沒有啼哭，他像母親一樣平靜。嬰兒的皮膚也與他母親一樣，像是刮去鱗片後魚的皮。而且接生婆捧在手裡時，也彷彿是捧著一團水。她拿著剪刀去剪臍帶，似乎什麼也沒剪到，但她看到臍帶被剪斷了。這時那個男人端上來一碗麵條，上面浮著兩個雞蛋。接生婆確實餓了，她就將麵條吃了下去，她感到麵條鮮美無比。然後那個男人將她送出屋門，說聲要回去照顧就轉身進屋了。於是接生婆按照剛才走過的路，又繞來繞去地走了出去。她覺得出去的路比進來時長了很多。在這條路上，她遇到了算命先生的兒子。她看到他那細長的身體像一株樹一樣站在兩幢房屋中間，他好像是在東張西望，接生婆走上去問他這麼晚了怎麼還在這裡？他回答說他還是才來這裡的。她感到他的聲音也有些遙遠。她問他在找什麼？他說在找他住的那間屋子。然後他像是找到了似的往右邊走去了。接生婆也就繼續往前走，走到剛才跌跤的地方時，她又跌了一跤，但她同樣沒感到自己爬起來，她只感到自己在往前走。

二

接生婆回到家中後感到了從未有過的疲倦，所以一躺在床上，她就覺得自己像是死去一般昏睡了過去。待她醒來時已是接近中午的時候了。她聽到院裡傳來說話的聲音，她就從床上爬起來，當她向門口走去時，感到自己的兩條腿像棉花一樣軟綿綿。

7那時候坐在自己家門口的一把竹椅裡，他的妻子站在一旁。7的妻子正和4的父親在說著關於4夜晚夢囈的事。7似乎是在聽著他們說話，他那張灰暗的臉毫無表情，他的眼睛一直看著他的兒子，他兒子正興沖沖地在院內走來走去，那大腦袋搖搖晃晃顯得有些沉重。接生婆站在了門口。此刻4推開院門進來了，4的出現，使她父親和7的妻子的對話戛然而止。4走進來時臉色十分陰沉，但她身上的紅色書包卻格外鮮豔。4低著頭從父親身旁走過，走入了敞開的屋門。3的孫兒這時也從屋內出來了，他似乎是聽到了4進來時的聲響，他站在院子裡小心翼翼地望著4走入的屋門，接生婆問7是不是感到好一點了。她聽到自己的聲音在空中顯得很遲鈍。7聽到了她的問話，就抬起混濁的眼睛看了她一眼，隨即又低下頭去。他沒有回答她，但她的妻子回答了。他妻子說還是老樣子。接生婆便建議7去看看算命先生。她說沒準在命上遇到了什麼麻煩的事。7的妻子早就有此打算，聽了接生婆的話後，她不由朝丈夫看了看。7彷彿沒有聽到她們的話，他的腦袋耷拉著像是快要斷了。倒是4的父親點了點頭，他說是應該去看看算命先生。他想起了自己每夜夢語不止的女兒。接生婆點了點頭。她聽到了有人在問她昨夜誰在叫喚，她才發現3也站在院子裡來了。3的臉上近來出現了像蠟一樣的黃色。她在詢問接生婆之後，立刻從嘴裡發出了一陣令人噁心的空嘔聲，隨後她眼淚汪汪地直起腰來。

接生婆告訴3：是城西一戶人家的女人生孩子。

哪戶人家？3問。

接生婆微微一怔。她沒法做出準確的回答，她只能將昨夜所遇的一男一女，以及那幢房屋告訴3。

3聽後半晌沒有說話，她想了好一陣才說城西好像沒有那麼一戶人家。她問接生婆：在城西什麼地方？

接生婆努力回想起來，依稀記得是走過那破舊的城牆門洞以後，才看到那無數低矮的房屋。

3十分驚愕，她告訴接生婆那裡根本沒有什麼房屋，而是一片空地。

3的話使接生婆猛然驚醒過來，她才意識到自己昨夜去過的是什麼地方。她發現7的妻子正吃驚地望著她。7卻依舊垂著腦袋，4的父親剛才進屋去了。7的妻子的目光使她很不自在。接生婆覺得自己站在這裡已經不合適，她想走回屋內，可是昨夜所遇使她無法能在屋中安靜下來。因此她站了一會以後就朝院門外走去了。

接生婆走在街上時，昨夜那個男人與她一起行走的情景復又出現。那模糊的臉和沒有雙腿的腳步聲。於是接生婆已經預料到她一旦走過那破舊的城牆門洞以後，她將會看到什麼。

此後的事實果然證實了接生婆的預料。當她走到昨夜看到無數房屋的地方時，她看到了一片墳墓，墳墓中間種滿了松柏。接生婆聽到自己心裡發出了幾聲像是青蛙叫喚的聲響。她呆呆地站了一會，然後就像昨夜繞來繞去一樣，走入墳墓之中。有些墳墓已經雜草叢生，而另一些卻十分整齊。後來她在一座新墳前站住了腳，她覺得昨夜就是在這裡走入那座房屋的。呈現在她眼前的這座墳墓上沒有一棵雜草，土是新加的。墳墓旁有一堆亂麻和幾個麻團。墳頂上插著一塊木牌，她俯下身去看到了一個她聽說過的名字，這是一個女人的名字，接生婆想起了在一個月以前，這個帶著身孕的女人死了。

接生婆在走出墳場時，回想出了昨夜與算命先生兒子相遇的情景，她感到心裡有一種想見到他的迫切願望，所以她就向算命先生的家走去。在離算命先生的家越來越近時，昨夜的情景也就越來越生動了。她看到了瞎子。那時候近旁中學的操場上傳來一片嘈雜響亮的聲音，瞎子正十分仔細地將這一片聲音分成幾百塊，試圖從中找出屬於4的那一塊聲音。瞎子臉上的神色讓接生婆體會到了某種不安，這不安在她站到算命先生家門口時變成了現實。

算命先生的屋門敞開著，她看到裡面蔓延著喪事氣息。屋門的門框上垂下來兩條白布，正隨風微微掀動。她知道是算命先生的兒子死了，而不會是算命先生。

聽到門口有響聲，算命先生拄著一根拐杖出現了。他告訴接生婆這段日子他不接待來客。望著算命先生轉身進屋的背影，接生婆發現他蒼老到離死不遠了。同時她想起了多種有關他的傳聞，她想他的五個子女都替他死光了，眼下再沒人替他而死，所以要輪到他自己了。算命先生剛才說話時的聲音，回想起來也讓接生婆感到有些遙遠，那沙啞的聲音彷彿被撕斷似的一截一截掉落下來。

接生婆回到家中以後，再次回想自己昨夜的經歷時，那一碗麵條和麵條上的兩個雞蛋出現了。這使她感到噁心難忍，接著就沒命地嘔吐起來，兩側腰部像是被人用手爪一把把挖去一般的疼痛。吐完以後，她眼淚汪汪地看到地上有一堆亂麻和兩個麻團。

三

已年近九十的算命先生，一共曾有五個子女，前四個在前二十年裡相繼而死，只留下第五個兒子。前四個子女的相繼死去，算命先生從中發現了生存的奧祕，他也找到了自己將會長生下去的因由。那四個子女與算命先生的生辰八字都有相剋之處，但最終還是做父親的命強些，他已將四個子女剋去了陰間。因此那四個子女沒有福分享受的年歲，都將增到算命先生的壽上。因此儘管年近九十，可算命先生這二十年來從未體察到身體裡有蒼老的跡象。這一點在算命先生採陰補陽時得到了充分的證實。採陰補陽是他的養生之道，那就是年老的男人能在年幼的女孩的體內吮吸生命之泉。而他屋中的那五隻公雞，則是他防死之法。倘若陰間的小鬼前來索命，五隻公雞凶狠的啼叫會使它們驚惶失措。

每月十五是算命先生的養生之日，這一日他便會走出家門，在某一條胡同裡他會看到一個十一、二歲的女孩正無所事事地站在那裡，他就將她帶回家中。對付那些小女孩十分方便，只要給一些好吃的和好玩的。他找的都是一些很瘦的女孩，他不喜歡女孩赤裸以後躺在床上的形象是一堆肥肉。

算命先生的兒子是在這月十五的深夜，這一日即將過去時猝然死去的。但還是傍晚兒子回到家中，算命先生就從他臉上看到了奇怪的眼神。在此前一小時，一個十一歲的女孩剛剛離去。

那是一個奇瘦無比的女孩，女孩赤裸以後躺在床上時還往嘴裡送著奶糖。那兩條瘦腿彎曲著，彎曲的形態十分迷人。女孩用眼睛看了看他，因為身體的瘦小，那雙眼睛便顯得很大。他的手觸到她的皮膚時有一種隔世之感。每月十五的這個時候，坐在離此不遠的街口的瞎子，便要聽到從這裡發出的一陣撕裂般的哭叫聲，現在這種叫聲再次出現了。那聲音傳到瞎子耳中時，已經變得斷斷續續十分輕微，儘管這樣，瞎子還是分辨出了這不是自己正在尋找的那個聲音。

女孩離去以後，算命先生便坐入一把竹椅之中。他為自己煮了一碗黃酒糖雞蛋，坐在椅中喝得很慢。他感到自己彷彿是剛從澡堂出來，有些疲倦，但全身此刻都放鬆了，所以他十分舒暢。他喝著的時候，覺得有一股熱流在體內迴旋，然後又慢慢溢出體外。

兒子回到家中時，算命先生正閉目養神，他是睜開眼睛後才發現兒子奇怪的眼神的，在前四個子女臨終前，他也曾看到過類似的眼神。

兒子吃過晚飯以後又出去了，回來時已是深夜。那時算命先生已經躺在床上了。他聽著兒子從樓梯走上來的腳步聲，腳步很沉重。然後藉著月光他看到兒子瘦長的影子在脫衣服，接著那影子孤零零地躺了下去。

第五個兒子的死，使算命先生往日的修養開始面臨著崩潰。他感到前四個子女增在他壽上的年歲已經用完，現在他是在用第五個兒子的年歲了，而此後便是壽終的時刻。他覺得第五個兒子只能讓他活幾年，因為這個兒子也活得夠長久了，竟然活到了五十六歲。算命先生明顯地感到自己的身體正在枯萎下去。這一日他發現那五隻公雞的啼叫，也不似從前那麼凶狠。這個發現使他意識到公雞也衰老了。

四

半個月以後的一個夜晚，開始有些恢復過來的算命先生，聽到了敲門的聲音。這聲音使算命先生一時驚慌失措。隨後他聽到了有人在叫他的名字，聽聲音像是一個女人。能從聲音裡分辨出敲門者的性別，使算命先生略略有些心定。於是他小心翼翼地走到門旁，然後無聲地蹲了下去，將右眼睛貼到一條門縫上，通過外面路燈的幫助，使他看到了兩條粗腿。腿的出現使他確定敲門者是人，而不是他所擔心的無腿之鬼。因此他打開了屋門。

3出現在他眼前，他認識3。3的深夜來訪，使算命先生感到不同尋常。

3在一把椅子裡坐下以後，朝算命先生頗為羞澀地一笑，然後告訴他她懷孕了。面對這個六十多歲的女人懷孕的事實，算命先生並不表現出吃驚，他只是帶著明顯的好奇詢問播種者是誰？

於是3臉上出現了尷尬的紅色。3儘管猶豫，可還是如實告訴算命先生，是她孫兒播下的種。

算命先生仍然沒有吃驚，3卻急切地向他表白她實在不願意幹那種事，她說她是沒有辦法，因為她不忍心看著孫兒失望的模樣。

3的夜晚來訪，是要算命先生算算腹中嬰兒是否該生下來。

算命先生告訴她：要生下來。

但是3為嬰兒生下以後，是她的兒女還是她的重孫而苦惱。

算命先生說這無關緊要，因為他願意撫養這個孩子，所以她的擔憂也就不存在了。

第五章

一

算命先生兒子的死去，儘管瞎子沒法知道，但是連續一月瞎子不再感到這個瘦長的人從他身旁走過了。這個人走過時，他會感到一股彷彿是門縫裡吹來的風。這人與別的人明顯不同，所以瞎子記住了他。這人的消失使瞎子的內心更加感到孤單。

4的聲音也已經很久沒有出現，儘管附近那所中學依舊時刻發出先前那種聲音，那種無數少男少女匯集起來的聲音，那種有時十分整齊有時又混亂不堪的聲音。但是他始終無法從中找出4的聲音。在上學和放學的時候，瞎子聽著那些聲音三三兩兩從他身旁經過，他曾在那時候聽到過4的笑聲，可已是很久以前的事了。4的笑聲使瞎子黑暗的視野裡出現了一串微微閃爍的光環，他看著那串光環的出現與消失，這些都發生在瞬間。4的聲音最初出現時彷彿滴著水珠，而最後出現時卻孤苦伶仃，這中間似乎有一段漫長的歷程，然而瞎子卻感到這些都發生在瞬間。

這時候4正朝瞎子走來，她的父親走在旁邊。瞎子聽到了有兩個人走來的腳步聲，一個粗魯，一個卻十分細膩，但是瞎子並不知道是4在走來。4走到瞎子近旁時，發現瞎子枯萎的眼眶裡有潮濕的亮光，這情景使她對即將走到的地方產生了迷惑之感，她與父親從瞎子身旁走過，不久就走入了算命先生總是敞開的屋門。

然後幾輛板車從瞎子面前滾動了過去，一輛汽車駛過時瞎子耳邊出現一陣混濁的響聲。他聽到街上有走動的聲音和說話的聲音，剛才汽車駛過時揚起的一片灰塵此刻紛紛揚揚地罩住了他。街上說話的是幾個男子的聲音，那聲音使瞎子感到如同手中捏著一塊堅硬粗糙的石頭。有一個女人正在叫著另一個女人的名字，另一個女人說話時帶著笑聲，她們的聲音都很光滑，讓瞎子想到自己捧碗時的感覺。4的聲音是在此後再度出現的。

二

4出現在算命先生的眼前時，剛好站在一扇天窗下面，從天窗玻璃上傾瀉下來的光線沐浴了她的全身，她用一雙很深的眼睛木然地看著算命先生。

聽完4的父親的敘述，算命先生閉上眼睛喃喃低語起來，他的聲音在小屋內迴旋，猶如風吹在一張掛在牆上的舊紙沙沙作響。4的父親感到他臉上的神色出現了某種運動。然後算命先生睜開了眼睛，他的眼睛令人感到沒有目光。他告訴4的父親：每夜夢語不止，是因為鬼已入了她的陰穴。

算命先生的話使4的父親吃了一驚，他望著算命先生莫測深淺的眼睛，問他有何救女兒的法術。

算命先生微微一笑，他的笑容使4的父親感到是一把刀子割出來似的。他說有是有，但不知是否同意。

4聽著他們的對話，4所聽到的只是聲音，而沒有語言，算命先生的形象恍若是一具穿著衣服的白骨，而這間小屋則使她感到潮濕難忍。她看到有五隻很大的公雞在小屋之中顯得耀武揚威。

在確認4的父親沒有什麼不答應的事以後，算命先生告訴他：從陰穴裡把鬼挖出來。

4的父親驚駭無比，但不久之後他就默許了。

4在這突如其來的現實面前感到不知所措。她只能用驚恐的眼睛求助於她的父親。但是父親沒有看她，父親的身體移到了她的身後，她聽到父親說了一句什麼話，她還未聽清那句話，她的身體便被父親的雙手有力地掌握了，這使她感到一切都無力逃脫。

算命先生俯下身撩開了4的衣角，他看到了一根天藍色的皮帶，皮帶很窄，皮帶使算命先生體內有一股熱流在疲倦地湧起來。皮帶下面是平坦的腹部。算命先生用手解了4的皮帶，他感到自己的手指有些麻木。他的手指然後感受到了4的體溫，4的體溫像霧一樣洋溢開來，使算命先生麻木的手指上出現了潮濕的感覺。算命先生的手剝開幾層障礙後，便接觸到了4的皮膚，皮膚很燙，但算命先生並沒有立刻感受到。然後他的手往下一扯，4的身體便暴露無遺了。可是展現在算命先生眼中時，是一團抖動不已的棉花。

4的掙扎開始了，但是她的掙扎徒勞無益。她感到了自己身體暴露在兩個男人目光中的無比羞恥。

三

那個時候瞎子聽到了4的第一次叫聲，那叫聲似乎是衝破4的胸膛發出來的，裡面似乎夾雜著裂開似的聲響。叫聲尖利無比，可一來到屋外空氣裡後就四分五裂。聲音四分五裂以後才來到瞎子耳邊。因此瞎子聽到的不是聲音的全部，只是某一碎片。4的聲音的突然出現，使瞎子因為過久的期待而開始平靜的內心頃刻一片混亂。與此同時，4的叫聲再度傳來。此時4的叫聲已不能分辨出其中的間隔了，已經連成一片。傳到瞎子耳中時，彷佛是無數灰塵紛紛揚揚掉入在瞎子的耳中。聲音持續地出現，並不消去。這使瞎子感到自己走入了4的聲音，就像走入自己那間小屋。但是瞎子開始聽出這聲音的異常之處，這聲音不知為何讓瞎子感到恐懼。在他黑暗的視野裡，彷彿出現了這聲音過來時的情景，聲音並不是平靜而來，也不是興高采烈而來，聲音過來時似乎正在忍受被抽打的折磨。

瞎子站了起來，他迎著這使他害怕的聲音，摸索著走了過去。他似乎感到了這迎面而來的聲音如一場陣雨的雨點，撲打在他的臉上，使他的臉隱隱作痛。聲音在他走去的時候越來越響亮，於是他慢慢感到這聲音並不僅僅只是陣雨的雨點。他感到它似乎十分尖利，正刺入他的身體。隨後他又感到一幢房屋開始倒塌了。無數磚瓦朝他砸來，他聽出了中間短促的喘息聲，這喘息聲夾在其中顯得溫柔無比，彷彿在撫摸瞎子的耳朵，瞎子不由潸然淚下。

瞎子走到算命先生家門口時，那聲音驟然降落下去。不再像剛才那樣激烈，降落為一片輕微的嗚嗚聲，這聲音持續了很久，彷彿是一陣風在慢慢遠去的聲音。然後4的聲音消失了。瞎子在那裡站了很久，接著才聽到從前面那扇門裡響出來兩個人的腳步，一個粗魯，一個卻顯得十分沉重。

四

在4回到家中的第二天，7由他妻子攙扶著去了算命先生的家，他們是第一次來到算命先生的小屋，但是他們並不感到陌生。在此之前，一間類似的小屋已經在他們腦中出現過幾次了。

7在算命先生對面的椅子坐下後，算命先生那令人感到不安的形象卻使7覺得內心十分踏實。灰白的7在蒼白的算命先生面前，得到了某種安慰——

7的妻子站在他們之間，她明顯地感受到了自己的健康。但是這種感受讓她產生了分離之感。

算命先生在得知他們的來意以後，立刻找到了7的病因。他告訴7的妻子：7與他兒子命裡相剋。

算命先生是在他們的生肖裡找到7的病因的，他向她解釋：因為7是屬羊的，而他兒子卻是屬虎。眼下的情景是羊入虎口。7已經在劫難逃，他的靈魂正走在西去的路途上。

算命先生的話使7和他妻子一時語塞。7不再望著算命先生，他低下了頭，他的眼中出現了一塊潮濕的泥地，他感到自己的虛弱就在這塊泥地的上面。7的妻子這時問算命先生：有何解救的辦法？

算命先生告訴她，唯一的解救辦法就是除掉她的兒子。

她聽後沒有說話，算命先生的模樣在她的視線裡開始模糊起來，最後在她對面的似乎不再是一個人，而是一塊石頭。她聽到丈夫在身旁呼吸的聲音，7的呼吸聲讓她覺得自己的呼吸也曲折起來。

算命先生說所謂除掉並非除命，只要她將五歲的兒子送給他人，從此斷了親屬血緣，

7的病情就會不治自好。

算命先生的模樣此刻開始清晰起來，但她將目光從他身上移開，看著低垂著頭的7，然後又抬頭看看從天窗上洩漏下來的光線，她的眼睛微微瞇了起來。

算命先生表示如果她將兒子交給別人不放心，可交他撫養。

算命先生收養7的兒子，他覺得是一樁兩全其美的好事。7可以康復，而他膝下有子便可延年益壽。雖然不是他親生，但總比膝下無子強些。儘管7的兒子在命裡與他也是相剋，但算命先生感到自己陽火正旺，不會走上此刻7正走著的那條西去的路。

他指著那五隻正在走來走去的公雞，對7的妻子說：如果不反對，你可從中挑選一隻抱回家去，只要公雞日日啼叫，7的病情就會好轉。

五

4在那天回到家中以後，從此閉門不出。多日之後，4的父親在一個傍晚站在院中時，驀然感到難言的冷清。司機死後不久，接生婆也在某一日銷聲匿跡，沒再出現。她家屋簷上的灰塵已在長長地掛落下來，望著垂落灰塵的梁條，他內心慢慢滋生了倒塌之感。3的離去也有多日，她臨走時只是說一聲去外地親戚家，沒有說歸期。她的孫兒時時無精打采地坐在自家門檻上，喪魂落魄地看著4的屋門。7由他妻子攙扶著去過了算命先生的家。他沒有向他們打聽去算命先生那裡的經過，就像他們也不打聽4一樣。他只是發現在那一日以後，再也不見那腦袋很大的孩子在院裡走來走去，取而代之的是一隻公雞，一隻老態龍鍾在院中走來走去的公雞。

7的病似乎有些好轉了，7有時會倚在門框上站一會，7看著公雞的眼神有時讓4的父親感到吃驚，7的目光似乎混亂不堪。儘管7原先的病有些好轉，可他感到有一種新的病正爬上7的身體，而且這種病他在7妻子身上同樣也隱約看到。後來他在自己女兒身上也有類似的發現。女兒此後雖然夜晚不再夢語，但她白天的神態卻是恍恍惚惚。她屢屢自言自語，臉上時時出現若即若離的笑容，這種笑不是鮮花盛開般的笑，而是鮮花凋謝似的笑。

院中以往的景象已經一去不返，死一般的寂靜在這裡偷偷生長。從接生婆屋簷上垂落下來的灰塵，他似乎看到了這院子日後的狀況。不知從哪一日開始，他感到這院裡隱藏著一股腐爛的氣息。幾日以後，氣息趨向明顯。又過幾日，他才能確定這氣息飄來的方向，接生婆那門窗緊閉的屋子在這個方向正中。

也是這幾天裡，他聽到了一個少女死去的消息。他是在街上聽到的，那少女死在江邊一株桃樹下面。她身上沒有傷痕，衣服也是乾的。對於她的死，街上議論紛紛。那少女是他女兒的同學，他認識少女的父親6，6常去江邊釣魚。他記得她曾到他家來過，有一次她進來時顯得羞羞答答，她在院子裡站了一會，就在他現在站著的這個地方。

第六章

一

接生婆在那天嘔吐出了一堆亂麻和兩個麻團以後，感到自己的身體開始變得飄忽了。她向那張床走去時，竟然感受不到自己的身體，她的身體很像是一件大衣。而且當她在床上躺下來時，覺得自己的身體如同一件扔到床上的衣服似的癟了下去。然後她看到了一條江，江水凝固似的沒有翻滾，江面上漂浮著一些人和一些車輛。她還看到了一條街，街道卻在流動，幾條船在街道上行駛，船上揚起的風帆像是破爛的羽毛插在那裡。

司機經常在接生婆的夢中出現，但是那天晚上沒有來到她的夢裡。在夕陽西下炊煙四起的時候，接生婆的視野裡出現了一片永久的黑暗。接生婆的死去，堵塞了司機回家的路。

但是那天晚上，2的夢裡走來了司機。那時候2正站在那條小路上，就是曾經被一片閃爍掩蓋過的小路。2看到司機心事重重地朝他走來。司機的手正插在口袋裡，似乎在尋找什麼，或者只是插插而已。

司機走到他面前，愁眉苦臉地告訴他：我想娶個媳婦。

2發現司機右邊的脖子上有一道長長的創口，血在裡面流動卻並不溢出。

2問他，是不是缺錢沒法娶？

司機搖搖頭，司機的頭搖動時，2看到那創口裡的血在蕩來蕩去。

司機告訴他：還沒找到合適的人。

2問司機：是不是需要我幫助？

司機點點頭說：正是這樣。

此後每日深夜來臨，2便要和司機在這條小路上發生一次類似的對話。司機的屢屢出現，破壞了2原來的生活，使2在白天的時候眼前總有一隻虛幻的蜘蛛在爬動。這種情形持續了多日，直到這一日2聽說6的女兒死在江邊的消息時，他才找到一條逃出司機圍困的路。

二

回想起來，6的女兒的死似乎在事前有過一些先兆。那個身穿羊皮茄克的人再次路過這裡以後，6開始發現女兒終日坐在牆角了，女兒坐在那裡恍若是一團暗影。但是6並沒有把這些放進心裡，因為6一直沒看出她身上正在暗暗滋長的那些東西，這些東西在她前面六個姊姊身上顯然沒有。事到如今，6才感到他和那個身穿羊皮茄克的人談話，女兒可能偷聽了。他想起那天送羊皮茄克出門時，他看到女兒怔怔地站在房門外。

本來當初羊皮茄克就要帶走他女兒，只是因為他節外生枝才沒有。他告訴羊皮茄克他的這個女兒遠遠勝過前面六個，所以他對按照慣例支付的三千元錢很難接受，他提出增加一千。羊皮茄克的堅持沒有進行很久，在短暫的討價還價之後，他便做出了讓步。但他提出先把女孩帶走，先付上三千，另一千隨後通過郵局寄來。6當然拒絕了，除非現交四千元，他才答應將他的女兒帶走。羊皮茄克說身上的錢不夠了，雖然四千還是可以拿出來，但在路途上還要花一筆錢，所以只好一個月以後再來。

在約定的日子臨近時，6的女兒躺到了江邊的一株桃樹下面。那時候6正坐在城南的一座茶館裡，自從那次在江邊的奇異經歷以後，6不再去江邊釣魚，而是每日坐在茶館裡來了。有關他女兒的消息，是他的一個鄰居告訴他的。那個鄰居去江邊看死人後，在回家的路上從茶館敞開的門裡看到了6，他告訴6他正到處找他。這個消息使6頓時眼前一片昏暗，然後羊皮茄克的形象在他腦中支離破碎地出現了。鄰座的茶客對6聽到如此重大的消息以後仍然坐著不動感到驚訝，他們催促他趕快去江邊。但是6沒有聽到他們在說話，他的眼睛望著門外的一根水泥電線桿，他看到那電線桿上貼著一張紙條，那是一張關於治療陽痿的廣告。6沒法看清上面的字，但是羊皮茄克的形象此刻總算拼湊完整了，儘管那形象有無數雜亂的裂縫。可6明確地想起了這人再過兩天就要來到，6彷彿看到他右面的衣服口袋顯得腫脹的情景。這時他才深深意識到當初不讓羊皮茄克帶走女兒是一個很大的錯誤。他對自己說：這是報應。

儘管那條江已使6感到毛髮悚然，但既然女兒躺在那裡，他也只得去了。他在走去的時候，彷彿感到女兒死在江邊是有所目的的。這個想法在他接近江邊時變得真切起來。當他在遠處看到一堆人圍在一株桃樹四周的時候，他已經猜測到了女兒躺在那裡的模樣。

不久之後他已經擠入了人堆，那時候一個法醫正在驗屍。他看到女兒仰躺在地上，她的臉一半被頭髮遮住了。她的外衣鈕釦已經被解開，裡面鮮紅的毛衣顯得很挑逗。他才發現女兒的腰竟然那麼纖細，如果用雙手卡住她的腰，就如同卡住一個人的脖子。然後他注意到了女兒的腳，那是一雙孩子的腳，赤裸的腳趾微微向上翹著。

這時候一個警察拍了拍他的肩，他轉過頭去看到了一張滿是鬍子的臉。

警察問他：她是不是你的女兒？

他疲倦地點點頭。

警察告訴他：你女兒的死因要過些日子才能明確答覆你。

他對這句話不感興趣，他覺得他不需要他們答覆，他覺得自己應該離開一會，這地方使他站著有點不知所措。於是他轉身往外擠。那時候警察又拍了他一下，這次警察對他說：待會兒有幾個問題要問你。

6擠出去以後，立刻感到身後有幾個人的腳步聲音。但他沒在意，他走在堆滿木材的地方時，身後有一個人跑到了他的前面，那人用眼睛暗示了一下他女兒躺著的地方，然後低聲說：我買了。

6微微一怔，但他隨後就明白了那意思。他以同樣低的聲音問：出多少？

那人將右手的五個手指全部伸開。

五千？6問。

但是那人搖了搖頭。

於是6明白這人只是出五百，他搖搖頭，表示不賣。那人還想討價還價，可第二個人已經趕上來了。第二個人伸出一個手指偷偷放入6的右手手掌。6知道這人願意出一千，但他還是搖搖頭。

第三個人走到他面前時，他將兩個手指主動插入那人的手掌，告訴他要出兩千才賣。那人遲疑了一會，伸出手指暗示願出一千五百。可6立刻就擺擺手，轉過身去了。

2是在這個時候趕來的，當6伸出兩個手指時，他絲毫沒有猶豫，他一把捏住了6的兩個手指，然後抖動了幾下。

於是6心安理得地在那堆木材上坐了下來，2朝那一堆圍著的人看了看，也在木材上坐下。他們現在都在等著這一堆人散去。

三

接生婆的死被發現，還是在2為6的女兒送葬以後。6的女兒死去的消息在城內紛紛揚揚，有關她死因的猜測一日生出一種，但是為她送葬的事卻幾乎無人知道。為她送葬的只有2一個人。當2將她的骨灰盒捧到家中以後，他接下去要做的便是去司機家，他需要得到司機的骨灰。然後2發現司機的母親已經死去了。

其實那院子裡的其他幾個人早就有此疑心，因為那股腐爛氣息越來越濃烈，那氣息由風伴隨著在他們房中進進出出。而且從多日前看著接生婆走入家中以後，他們再沒看到她出來。但是他們中間誰也沒把這話說出口，雖然他們在腐爛的氣息裡活得十分噁心。

2在走入這個院子時，這股氣息使他驚詫不已，當他走到司機家門前時，他感到另外三個門口都站了人，他們都在看著他。2那時候已經發現這股令人痛苦的氣息就來自眼前這個房間。他敲了敲門，裡面也響起了敲門的聲音，但是除此而外什麼動靜也沒有。於是他就推了一下，門發出了一聲使他戰慄的吱呀聲，門沒有上鎖。從那裂開的一條門縫裡，一股凶狠的腐爛氣息朝他撲打過來，使他一陣頭暈。但他還是繼續將門推開，並且走了進去。裡面一片昏暗，滿屋子翻滾的腐爛味使他眼淚直流。他走進去以後看到了躺在床上的接生婆，接生婆臉上的五官已經模糊不清，那臉上有水樣的東西在流淌，所以她的臉顯得亮晶晶的。2看了一眼後立刻將目光移開。接著他走入了另一間屋子，他在這間屋子裡找到了司機的骨灰盒。骨灰盒放在一張桌子上，那是一張用來打牌打麻將的桌子。2捧著司機的骨灰盒出來以後，通過淚汪汪的眼睛，他看到那幾個站在自己房門口的人都是水淋淋的，他告訴他們：已經爛掉了。

2回到家中以後，將司機的骨灰盒和6的女兒的骨灰盒並排放在一起。然後請來四位紙匠，用白紙做出了一套組合式家具，以及冰箱彩電之類的家用電器。四位紙匠晝夜而作，三日後便全部完成。接著2請了一位嗩吶吹手和幾個拉板車的。把紙匠們的作品放在板車上，第一輛板車上放著司機與6的女兒的骨灰盒。嗩吶吹手和2走在最前列，在尖利的喜調聲裡，司機和6的女兒的婚禮在街上開始了。

他們走在城內主要街道上，街上的風將那套組合家具吹得歪歪斜斜，如同一個孩子手下的畫。這情景吸引了街上所有的人，他們像幾片水一樣圍了上去。2心想總算對得起司機了。他回答了他們的詢問，高聲告訴他們是誰與誰的喜事。他看到街兩旁幾乎所有的窗口都有腦袋掛在那裡，有一些窗口掛著好幾個腦袋。他們也經過了瞎子端坐的那條街。從尖利的嗩吶聲裡，瞎子知道正在走來一個婚禮。

婚禮的行走經過了那破舊的城牆門洞以後，來到了城西墳場上。一個新墳已經掘好。2將司機和6的女兒的骨灰盒放入墳中。然後蓋土，土蓋下去時有幾塊石子擊在骨灰盒上，發出幾聲清脆的響聲，那響聲透出了隱藏的喜悅。接著紙匠們的作品被堆在墳墓四周，2點燃了火。一群火像是一群馬一樣奔騰而起，一片黑煙在紅色的火中繚繞不絕。頃刻之後，火勢便跌落下來，於是失去保護的黑煙也立刻四散而去。那燒透以後變得漆黑的紙將墳墓完整地蓋住。可是一陣風將紙吹得七零八落，冉冉飄起以後便晃晃悠悠如煙般消散了。

此後，司機不再來到2的夢裡。

四

在司機與6的女兒的婚禮行走過去以後，4出現在大街上。她嘴裡哼著一支緩慢的曲子，在街道的右側遲緩走來。在這個沒有雨也沒有陽光的上午，4的形象顯得很灰暗。她那張若有所思的臉，彷彿在暗示對往事的回首。4走在灰白的水泥路上，很像是一種過去在走來。

4在走來的時候，她的右手正在解開上衣的鈕釦，她的動作小心翼翼顯得十分優美。鈕釦解開以後，她的身體出現了一根樹枝似的傾斜，她開始從身上一點一點推開那件上衣，然後抓住衣角，衣服便垂落在地了。她那麼走了一會才鬆開右手，衣服就在街道上迅速地躺了下去，無聲無息。接著她剝開了藏青的毛衣，她依舊顯得很優美。藏青的毛衣掉落在地以後的模樣，很像是一個人正在平靜的死去。隨後她開始解白色襯衣的鈕釦，鈕釦解開以後恰好一股微風吹來，使她的襯衣出現了調皮的飄動。襯衣掉下去時顯得緩慢多了，似乎是一張白紙在掉落下去。

4走到一棵梧桐樹旁，她伸出手撫摸了梧桐樹野蠻的樹幹，然後她將身體靠了上去。她繼續哼著那支曲子。她似乎看到前面有很多人都站著沒有動，於是她模糊地記憶起很久以前甩了甩鋼筆、墨水留在地上的斑點。

4在那個時候解開了皮帶，那條黑色長褲便沿著她白晃晃的大腿滑落下去，滑下去時似乎產生了一絲癢的感覺，她不禁微微一笑。她那條粉紅色的短褲也隨即滑落下去。然後她小心翼翼地從褲子包圍中伸出了右腳，腳上沒有襪子，接著她同樣小心地伸出左腳，左腳上也沒有穿襪子。她赤裸的腳踩在了粗糙的水泥地上，她繼續往前走去。

4赤裸的身體在這個陰沉的上午白得好像在生病。一股微風吹到她稚嫩的皮膚上，彷佛要吹皺她的皮膚了。她一直哼著那支曲子，她的聲音很微小，她的聲音很像她瘦弱的裸體。她走到了瞎子的身旁，她略略站了一會，然後朝瞎子微微一笑後就走開了。

瞎子在此之前就已經聽到4的歌聲了，只是那時候瞎子還不敢確定，那時候4的歌聲讓他感到是虛幻中的聲音，他懷疑這聲音是否已經真實地出現了。但是不久之後，4的聲音像是一股清澈的水一樣流來了。這水流到他身旁以後並沒有立刻遠去，似乎繞著他的身體流了一周，然後才流向別處。於是瞎子站了起來，他跟在4的聲音後面走向一個他從未去過的地方。

4一直走到江邊，此後她才站住腳，望著眼前這條迷茫流動的江，她聽到從江水裡正飄上來一種悠揚的弦樂之聲。於是她就朝江裡走去。冰冷的江水從她腳踝慢慢升起，一直掩蓋到她的脖子，使她感到正在穿上一件新衣服。隨後江水將她的頭顱也掩蓋了。

瞎子聽到幾顆水珠跳動的聲音以後，他不再聽到4的歌聲了。於是他蹲了下去，手摸到了溫暖潮濕的泥土，他在江邊坐了下來。瞎子在江邊坐了三日。這三日裡他時時聽到從江水裡傳來4流動般的歌聲。在第四日上午，瞎子站了起來，朝4的聲音走去。他的腳最初伸入江水時，一股冰冷立刻襲上心頭。他感到那是4的歌聲，4的歌聲在江水慢慢淹沒瞎子的時候顯得越來越真切。當瞎子被徹底淹沒時，他再次聽到了幾顆水珠的跳動，那似乎是4微笑時發出的聲音。

瞎子消失在江水之中，江水依舊在迷茫地流動，有幾片樹葉從瞎子淹沒的地方漂了過去，此後江面上出現了幾條船。

三日以後，在一個沒有雨沒有陽光的上午，4與瞎子的屍首雙雙浮出了江面。那時候岸邊的一株桃樹正在盛開著鮮豔的粉紅色。

國家圖書館出版品預行編目資料

世事如煙／余華著. -- 二版. -- 臺北市：麥田出版：英屬蓋曼群島商家庭傳媒股份有限公司城邦分公司發行，2023.10
面； 公分. --（余華作品集；16）
ISBN 978-626-310-546-1（平裝）

857.63 112014966

余華作品集 16

世事如煙

作　　者　余　華
責任編輯　林秀梅　莊文松

版　　權　吳玲緯　楊　靜
行　　銷　闕志勳　吳宇軒　余一霞
業　　務　李再星　李振東　陳美燕
副總編輯　林秀梅
編輯總監　劉麗真
事業群總經理　謝至平
發 行 人　何飛鵬
出　　版　麥田出版
台北市南港區昆陽街16號4樓
電話：886-2-25000888 傳眞：886-2-25001951
發　　行　英屬蓋曼群島商家庭傳媒股份有限公司城邦分公司
台北市南港區昆陽街16號8樓
客服專線：02-25007718；25007719
24小時傳眞專線：02-25001990；25001991
服務時間：週一至週五上午09:30-12:00；下午13:30-17:00
劃撥帳號：19863813 戶名：書虫股份有限公司
讀者服務信箱：service@readingclub.com.tw
城邦網址：http://www.cite.com.tw
麥田部落格：http://ryefield.pixnet.net/blog
麥田出版Facebook：https://www.facebook.com/RyeField.Cite/

香港發行所　城邦（香港）出版集團有限公司
香港九龍九龍城土瓜灣道86號順聯工業大廈6樓A室
電話：852-25086231　傳眞：852-25789337
電子信箱：hkcite@biznetvigator.com

馬新發行所　城邦（馬新）出版集團
Cite（M）Sdn. Bhd.（458372U）
41, Jalan Radin Anum, Bandar Baru Seri Petaling,
57000 Kuala Lumpur, Malaysia.
電話：+6(03)-90563833　傳眞：+6(03)-90576622
電子信箱：services@cite.my

封面設計　莊謹銘
排　　版　宸遠彩藝工作室
印　　刷　前進彩藝有限公司

2003年07月　初版一刷
2024年06月　二版三刷
售價／350元
ISBN 978-626-310-546-1
9786263105645（EPUB）

城邦讀書花園
www.cite.com.tw